Friedrich Gustav Hagemann

**Der Fremdling**

Lustspiel in vier Aufzügen

Friedrich Gustav Hagemann

**Der Fremdling**

*Lustspiel in vier Aufzügen*

ISBN/EAN: 9783743358553

Hergestellt in Europa, USA, Kanada, Australien, Japan

Cover: Foto ©Andreas Hilbeck / pixelio.de

Manufactured and distributed by brebook publishing software (www.brebook.com)

Friedrich Gustav Hagemann

**Der Fremdling**

# Der
# Fremdling.

Lustspiel in vier Aufzügen

von

Gustav Hagemann.

Grätz 1798.

## Personen.

Amtsrath Schöneck.
Charlotte, seine Tochter.
Hauptmann Herder.
Emilie.
Wilhelm, Emiliens Kind.
Der Frembling.
Monsieur Zuckermandel.
Rosenwasser, Gärtner des Amtsraths.
Lisette.
Peter,
Konrad, } Gärtnerbursche.

# Erster Aufzug.

## Erster Auftritt.

Die Scene ist ein Gartensaal: aus verschiedenen Glasthüren tritt man in den Garten.

Amtsrath Schöneck. Charlotte. Der Fremdling.

Amtsrath, Charlotte, sitzen neben einander, sie schneidet Melonen und füttert den Vater.

Fremdling, sitzt an einer Staffeley und mahlt sie in dieser Gruppe.

### Charlotte.

Vater, du sitzest so steif; dir thut gewiß das Genick schon weh!

Amtsr. (schüttelt mit dem Kopf.)

Charl. Plaudr' ich dir auch zu viel?

Amtsr. (schüttelt mit dem Kopf.)

Charl. Das sagte ich den Morgen gleich: Der Vater ist nicht gut aufgestanden, nun spricht er wieder den ganzen Tag keine Sylbe.

Frembl. (vor sich.) Thörichtes Beginnen, den Engel mahlen zu wollen!

Charl. Wie ich wohl aussehen werde!

Frembl. (vor sich.) Meine Hand zittert bey ihrem Gesicht.

Charl. Wie ich aussehen werde? — Wie ein gutes Töchterchen, das ihr herzliches Väterchen füttert.

Frembl. Ach!

Charl. Und das auch selbst Appetit hat. (Sie ißt.) Das brauchen sie aber nicht zu mahlen, meine Kopie möchte sonst gar zu hungrig aussehn.

Frembl. Ach!

Charl. Der seufzt! — Ach, mir wird auch so wunderlich! — Vater, eben fällt mir Bruder Carl ein! — Wenn er doch noch lebte! — Da dürften wir uns nicht anders mahlen lassen, als ihn in der Mitte. — Er saß so gern zwischen Vater und Mutter.

Frembl. (halb laut.) Es ist auch schön, zwischen Vater und Mutter zu sitzen. (Springt auf.)

Charl. Fertig?

Frembl. Verzeihen sie, ich bin jetzt nicht im Stande weiter zu zeichnen.

Charl. Wie seh ich denn aus? — Ihre Dienerinn. Das ist Charlotte nimmermehr! — Das Gesicht sieht ja aus, wie die Genoveva. Das Ding schielt ja nach allen vier Himmelsgegenden. — Haben sie denn da gezittert?

Frembl. Möglich! — Es ist mir so heiß; vergönnen sie mir einen Gang ins Freye.

(Ab.)

## Zweyter Auftritt.

### Amtsrath. Charlotte.

Charl. Gibt es nicht närrische Menschen in der Welt!

Amtsr. (nickt mit dem Kopf.)

Charl. Die Wirthinn aus dem grünen Reh, wo er wohnt, erzählt sonderbare Dinge von ihm. Ein Paar Tage drauf, als mir der unbekannte Wundermann so wohlthätig das Leben gerettet hatte, kömmt er zu Fuß an, geht auf sein Zimmer, lauft auf und ab, ruft aus: Engel, Engel, warum mußt' ich dich sehn! Dein Leben ist mein Grab! — Ich kann nicht fort! — — Kannst du die Rede erklären?

Amtsr. (schüttelt mit dem Kopf.)

Charl. Vermuthlich muß er doch was damit gemeint haben?

Amtsr. (nickt.)

Charl. Er hat nur einen Tag bleiben wollen und ist noch hier. Seine plötzliche Erscheinung kömmt mir eben so sonderbar vor, als das plötzliche Verschwinden des fremden Menschen, der mich damahls aus dem Wasser zog — — Weißt du, wovon er lebt?

Amtsr. (schüttelt mit dem Kopf.)

Charl. Von Gutes thun. Er spricht, in diesem Gewerbe gäb es die wenigsten Brodkliebe. Was er in der Gegend mit Mahlen verdient, gibt er den Armen. — Ein guter Mensch; nicht wahr?

Amtsr. (nickt mit dem Kopf.)

Charl. Aber, was ihm die Vornehmen müssen gethan haben! — Auf diese schimpft er wie ein Rohrsperling — (Pause) — — Nun wird der Hauptmann Herber wohl auch bald aus der Stadt kommen?

Amtsr. (nickt.)

Charl. Ob er mir noch wohl so gefallen wird, als in der Stadt, da ich ihn auf den Ball sah! — Ich glaub es nicht, Väterchen. Ich hab ihn zwar seit der Zeit nicht gesehn, aber es kommt mir doch so vor.

Amtsr. (sieht sie groß an.)

Charl. Als er um mich anhielt, wolltest du deine Einwilligung nicht geben, theils, weil er eine so tolle Schwester hat — — jetzt aber würdest du wohl dein Wort nicht wieder zurücknehmen.

Amtsr. (schüttelt sehr stark mit dem Kopf.)

Charl. (mit einem Ton der das Gegentheil sagt.) Du hast auch recht, ich nehm ihn auch recht gern. — — (Pause.) Zwar wenn Albert nicht durchgegangen wäre — — Du hättest dein Jawort nimmermehr gegeben.

Amtsr. (droht mit dem Finger.)

Charl. Väterchen, Väterchen, ich bin ja schon mäuschenstill, ich konnte ja, wie du weißt, den Vetter Albert nicht leiden.

Amtsr. (steht auf.)

Charl. Willst du schon ins Schloß?

Amtsr. (nickt mit dem Kopf.)

Charl. Charlotte bleibt noch ein wenig im Garten, nicht?

Amtsr. (wirft den Kopf, als wollte er sagen: Meinetwegen! — er will gehn.)

Charl. Kriegt denn Charlotte nicht mahl ein Mäulchen?

Amtsr. (küßt ihr die Stirn und geht ab.)

## Dritter Auftritt.

### Charlotte.

Ich soll den Hauptmann heirathen und so gut ich ihm auch in der Stadt war, so fürchte ich mich doch jetzt wahrhaftig, ihn wieder zu sehen. — Kurz, ich mag ihn nicht. — Ein Ehemann soll noch dazu ein ganz ander Wesen seyn, als ein Liebhaber, und nun gar ein Ehemann, den man nicht leiden kann! — — Nein, nein, ein Ehemann ist kein Kleid, das man ausziehn kann, einen Ehemann nimmt man auf immer. Ach und in der Bibel steht: Unser Leben währet siebenzig Jahr! und das Sprüchwort sagt: — Unkraut vergeht nicht!

(Ab.)

## Vierter Auftritt.

### Fremdling.

Sie sind fort. — Welche Wunden hat der Engel in mir wieder aufgerissen! — Einst saß ich auch zwischen Vater und Schwester! — — Jetzt bin ich in der ganzen weiten weiten Welt ein Fremdling! — Und wenn ich rückkehre in meine Heimath — ein Fremdling! — Nicht sitzen zwischen Vater und Schwester, — liegen, jammern zwischen ihren Grabhügeln! — Charlotte, Charlotte, welche Gefühle hast du in mir aus dem ersten leisen — leisen Schlummer geweckt. — Bist du da, mich elend zu machen! — Ihr Leben ist mein Tod — — Ihr Leben ist mein Tod! — Ich liebe sie! — Ohne Hoffnung! — sie reich, — der Vater Amtsrath. — Besitzer eines schönen Ritterguts, und ich? — — — Halbehrlich! (Wirft sich in einen Stuhl.)

## Fünfter Auftritt.

### Charlotte. Der Fremdling.

Charl. (sucht, als habe sie etwas verloren.) Sieh da, da ist ja unser Mahler wieder, gleich machen sie wieder gut, was sie verdorben haben und mahlen sie mich recht schön.

Fremdl. Vergebens. Ich wollte einst die aufgehende Sonne mahlen, der Gedanke war kühn, aber der Einfall, sie mahlen zu wollen, war verwegen.

Charl. Charlotte macht ihren besten Knix für diese Galanterie.

Fremdl. Galanterie! — Seh ich wohl einem galanten Manne ähnlich!

Charl. Warum besuchen sie meinen Vater niemahls!

Fremdl. O Gott!

Charl. Er ist ihnen recht gut.

Fremdl. Recht gut? — und hat mich noch kaum einer Antwort gewürdigt! — Höchstens ein gnädiges Kopfnicken. — —

Charl. Gnädiges Kopfnicken! — — O mein Herr, wüßten sie den unglücklichen Gemüthszustand meines guten, herzlich guten Vaters, sie hätten diesen bittern Ausfall nicht gethan.

Fremdl. Vergeben sie.

Charl. Mein Vater war immer stille, und anhaltende Unglücksfälle haben ihn so weit gebracht, daß er oft wochenlang zubringt, ohne ein Wort zu reden. Meine Mutter, die er herzlich liebte, starb in eben der Minute mit einem jüngern Bruder von mir, den sie ihm eben geboren hatte. Mein älterer Bruder blieb in einem Duell, er war ein hoffnungsvoller Jüngling, und eine Degenspitze vernichtete das schönste Luftschloß meines Vaters. Einen Vetter von uns ließ er wie seinen Sohn erziehen, um ihn durch mich zu seinem Sohn zu machen, und der junge Mensch wird lüderlich, verläßt die Universität heimlich, und soll sich jetzt in Ostindien herumtreiben. So wurd er nach und nach, wie sie ihn gesehn haben. Dazu kommt noch ein besonderer Vorfall, der ihn seit einiger Zeit so auffallend tiefsinnig macht. Vor ein Paar Wochen war ich so unvorsichtig, mich ganz allein in einem Kahn auf dem Fluß zu fahren, der Kahn stößt an einen Pfahl, kippt um, und ich falle ins Wasser. Ein fremder Mann springt in den Fluß, schwimmt mit mir ans Land, und übergibt mich ohnmächtig einem Bauern, der auf mein Geschrey zu meiner Rettung herbey geeilt war. Kaum daß ich ein Zeichen des Lebens von mir gebe, verschwindet er, und kein Mensch hat ihn hier wieder gesehn.

Fremdl. (verräth Unruhe.)

Charl. Das kränkt nun meinen Vater, daß er, der auf so wenig gute Menschen in seinem Leben stieß, just einen so großmüthigen, rechtschaffenen Mann nicht soll kennen lernen, daß er dem Erretter seines Kindes nicht danken, und ihn nur in sein Gebeth einschließen kann.

Fremdl. Ihrem Erretter ist gewiß wohl! — Solch Gebeth ist ihm Lohn, ist ihm Segen.

Charl. Sonst ist mein lieber Vater recht gut, er ist auch nicht mürrisch, nur durchaus still und stumm; es mag kommen wer will, ob ers gleich wohl leiden mag, das alles um ihn vergnügt ist. Wenn er denn anfängt zu sprechen, so spricht er gewiß einen Menschen glücklich.

Fremdl. Und ist doch vornehm und reich.

Charl. Und stammt sogar aus adeligem Geschlecht her. Oben im Saale hängen alle unsere Ahnen, die Mäuse fressen schon seit zwey hundert Jahren dran. Gehen sie immer mahl zu meinem Vater, er wird ihnen gewiß helfen in ihren Angelegenheiten.

Fremdl. Angelegenheiten? — O, ich habe keine Angelegenheiten.

Charl. Er hat sie in einem Verdacht.

Fremdl. Wie das?

Charl. Er denkt, sie sind von vornehmer Geburt.

Fremdl. Weil er mir gut ist, wünscht ers mir vielleicht; ich wünschte, daß er ein Tagelöhner wäre. —

Charl. Ey nein. Da wär ich ja Taglöhnerinn, müßte graben, spinnen oder waschen, führe nicht nach der Stadt, nicht in die Komödie, nicht auf den Ball!

Fremdl. Und fütterten dafür eine arme Wittwe, deren Jammern die Musik des Balles übertäubte, deren winselndes Kind man umwalzte, mit Füßen trat und aus dem Saal warf, weil — weil man aus dem Tact gekommen war; und sie gäben ihnen Milch zu trinken, schnitten ihnen ein Butterbrot, gäben der Mutter eine Schürze, dem Kinde ein Jäckchen; und das Kind satt und froh sprang um sie herum — — Nicht wahr, das wäre doch auch ein schöner Ball!

Charl. Kann ich das jetzt nicht weit eher, da ich reich bin.

Frembd. Nur die Wohlthaten geben Seelenruhe, die uns zu erzeigen sauer wurden.

Charl. Vornehme Grundsätze!

Frembd. So sind wir nicht einerley Meinung.

Charl. Gewiß sind sie von vornehmer Geburt.

Frembd. Wie sie mir unrecht thun! — Ich stehe früh auf, arbeite gern, lebe mäßig, spreche besser Deutsch als Französisch, werde über Ungezogenheiten roth, bethe, gehe in die Kirche, lese sogar erbauliche Bücher: lauter Beschäftigung eines bürgerlichen Erbensohns: — wie will ich von vornehmer Geburt seyn.

Charl. Wenn man fragen darf, wer ist denn Ihr Vater?

Frembd. Ist? — Ach, er war! — Mein Vater war ein ehrlicher ——— (unterbricht sich, und und sagt halblaut) — Ehrlich? ——— (laut) Mein Vater war ein rechtschaffener Mann, vornehm war er nicht, Gott sey Dank!

Charl. Wieder so bitter! — Hassen sie denn alle vornehme Leute?

Frembd. Beynah, denn ich habs Ursach. — Und doch wünsch ich mir oft, mich hoch zu schwingen, mache Pläne, die freylich weit ins Romanhafte gehen. Da kann ich halbe Nächte wachend träumen, ich sey ein vornehmer Mann, gäbe ein glänzendes Fest, hätte viele vornehme Herren und Damen dazu eingeladen, aber auch einen ehrlichen Handwerksmann, dessen Tugenden den ganzen Kreis beschämten, und alle Affengesichter der parfumirten Süßlinge und Pikelnasen der bekleisterten Damen würden für Aerger grün, gelb und roth; aber mein ehrlicher Handwerksmann bliebe doch ruhig an meiner Seite sitzen.

Charl. Sie träumen wunderlich.

Frembl. Dann sah ich wieder, wie sich viele vornehme Mädchen, sogar Erbfräulein, um meine Hand bewürben, und ich —— allen den Korb gäbe. ——

Charl. Das ist hoch geträumt. So geht mirs aber auch zuweilen. Da werd ich im Schlaf immer höher und höher gehoben, und mit einem Mahl falle ich wieder herunter. Das es ihnen nur nicht auch so geht.

Frembl. Um eine brave Bauerntochter zu heirathen.

Charl. Da haben wirs!

Frembl. Die mir die reichste schien, die mir die Röthe der Unschuld zur Mitgabe brachte. — Aber jetzt — ach! —— — unschuldiger kann keine Bauerntochter seyn — jetzt (einen tiefen Blick auf Charlotten) jetzt träum ich ganz anders.

Charl. Träumen sie angenehm?

Frembl. So schön, so herrlich, daß —— —

Charl. Daß es Sünde war, sie zu wecken. Leben sie wohl.

(Schnell ab.)

## Sechster Auftritt.

### Frembling.

Jetzt fühl ichs, wie arm ich bin. — Jetzt brauch ich einen Freund, mein Herz auszuleeren. Jetzt, Vorsicht, schenke mir einen Vater, durch seine Weisheit meine Leidenschaft fortzupredigen, oder laß mir den Engel meiner Vollendung erscheinen, und mich zu sich hinüber rufen, daß ich Ersatz habe, dafür, daß ich mit diesem Engel nicht leben kann. (Er bleibt an einem Fenster stehen, welches die Aussicht aufs Feld hat.) Was ist das? — Mein Gott, eine Frau mit einem Kinde mitten im Moor, sie ist fehl gegangen — sie kann ja stecken bleiben. (Er schiebt ein Fenster auf, und ruft laut) Madam! — Madam! — Wo wollen sie da hin! — drüben ist der Weg. — Sie können da nicht weiter, sie können unglücklich seyn. — Kommen sie nur hierher, ich will die kleine Brücke über den Kanal fallen lassen, so sind sie im Park! — Warten sie. — (Er läuft ab.)

## Siebenter Auftritt.

### Rosenwasser. Peter. Konrad. Der Frembling von Außen.

Rosenw. Da sind sie nun alle wieder fort, als hätte sie der Wind weggewehet. — Wollte dem Herrn Amtsrath sagen, daß ich ihm in acht Tagen eine Ananas vorſetzen könnte, und ſieh da, der Gukguk hat ſie alle gehohlt; o ja, der Gukguk!

Peter. Der Herr ſpricht heute wieder kein Wort.

Roſenw. (aus dem Fenſter.) He da! — He da! — Da geht die Landſtraße nicht. — Laſſen ſie doch die Brücke nicht niederfallen! — He! — Laſſen ſie doch das bleiben.

Fremdl. Wills ſchon beym Herrn Amtsrath verantworten.

Roſenw. Na, ſo verantworte du nur, Moſ‑ ge Naſeweiß, o ja, Moſge Naſeweiß.

(Geht brummend ab.)

## Achter Auftritt.

### Peter. Konrad.

Peter. Der Fremde nimmt ſich viel heraus.

Konr. Ja, das iſt des närriſchen Kerl ſein Bruder. Er iſt entweder überſtubiert, oder gar nicht recht klug, ſag ich. Vorige Woche kömmt im grünen Reh ein Handwerksburſche an, der nicht weiter kann, weil er das Fieber hat, die Wirthinn hat kein Bette mehr leer, da gibt er ihm ſeins und ſchläft nun alle Nächte auf Stüh‑ len.

Peter (an der Stäffeley.) Du, komm mahl her, was ſie hier vor Zeug gemacht haben.

Konr. Das ist ja der Amtsrath — — Potz Velten, und das ist ja die spitznasige Küstersche.

Peter. Ey warum nicht gar? — Das ist Adam und Eva im Paradiese.

Konr. Du bist ein Schöps.

Peter. Du bist nicht mahl ein Schöps! — Alles will der Narr besser verstehn. — Du bist ein — ein — — du bist nicht mahl ein Schöps, du bist gar nichts. (Ab.)

Konr. Was! — Ich wäre gar nichts. — Das wollt' ich doch sehn. — Ich bin so gut ein Schöps als du. (Ihm nach.)

## Neunter Auftritt.

Emilie. Wilhelm. Der Frembling.

Frembl. Treten sie nur hier ins Gartenhaus. Setzen sie sich, sie sind ermattet.

Emilie. Ich kann nicht mehr. Mattigkeit,— Angst! —

Frembl. Das arme Kind konnte kaum weiter: setz dich, mein Kind.

Emilie. Das gute Kind! — Ich wollt' es tragen, aber es sträubte sich mit seinen Händchen. Laß mich doch gehn, sprach es, du wirst ja sonst noch müder, und das thut mir so weh.

Frembl. Der kleine Engel! — Ach, wenn wir Kinder sind, sind wir so gut. Darauf will ich schwö-

schwören, daß du eine brave Mutter und einen braven Vater hast.

Emilie (die Hände ringend gen Himmel.) Ach Gott, ach Gott! O mein Herr, können sie nicht von hier auf die Landstraße sehn?

Fremdl. (tritt ans Fenster.) Sehr gut.

Emilie. Sehn sie da zwey Reiter?

Fremdl. Einen Officier mit seinem Knecht.

Emilie. Setzt man mir nach?

Fremdl. Sie reiten dem Schloß zu.

Emilie. Gott sey Dank.

Fremdl. Der Officier steigt ab.

Emilie. Himmel.

Fremdl. Er geht den Fußsteig.

Emilie. Hierher? (Springt auf und faßt nach dem Kinde.)

Wilh. Laß uns weglaufen.

Fremdl. Nein. Er geht auf das Lusthaus. — Die Thüre scheint verschlossen. — Er steigt ins Fenster. — Gewiß wird er durch den Park nach dem Schloß gehn. — Wars nicht der Hauptmann Herber?

Emilie (seufzend.) Ja, der Hauptmann Herber.

Fremdl. Werden sie verfolgt — — Sie sind in meinem Schutz.

Emilie. Ich trage meinen Verfolger mit mir, ich fliehe vor meinem Gewissen. — Dieser Hauptmann aber — ist er durch Ungefähr hier, oder

Fremdling.   B

nicht? — Verfolgt er mich hier? — Wie kann er aber die verfolgen, die er verstieß!

Frembd. Ach, ich errathe! — Ich kann zwar ihr Vertrauen nicht fordern, ich bin ihnen ganz fremd.

Emilie (sieht ihn genau an.) Nicht ganz; ich kenne sie noch. — Erinnern sie sich nicht mehr einer Frau, die der Schmerz mit ihrem Kinde auf der Straße zu Boden geworfen hatte, sie nahmen sich meiner an, und ließen mir einen Wagen hohlen.

Frembd. Waren sie? — — —

Emilie. Ich wars. Damahls kam ich vom Räuber meiner Ehre, den ich beschwur, mich nicht zum Räuber meiner Seligkeit, nicht zur Kindermörderinn zu machen. Und er ließ meine Verzweiflung vor seiner Thüre ächzen, die ich verschlossen fand.

Frembd. (halb schadenfroh.) Das wird eine Geschichte für mich, o, nun bitt ich um ihr Vertrauen. Erzählen sie mir alles, ich nehme Theil daran.

Emilie. Ich will es, ich erzähle ja keinem Fremden. Ich bin die Tochter eines Landgeistlichen. Mein Vater wandte sein ganzes Einkommen an meine Erziehung, nur starb er mir zu früh. O, seliger Geist des redlichsten Vaters, wenn du vielleicht jetzt herabblickst auf deine gefallene Tochter!

Frembl. Er ist unter Engeln, und da wird reiner gerichtet als auf der Welt.

Emilie. Mein Vater starb und hinterließ mir seinen Segen und meine Tugend; wie reich war ich da! — Es ist Thorheit, sein Erbe zu verschwenden, aber um solch ein Erbtheil sich zu bringen, ist Raserey. — Durch Fürsprache ward ich Gesellschaftsjungfer der Frau von Rikkert. Im Häuschen meines Vaters war die schwache Seite des Mädchens gegen jede Verführung sicher gewesen, man lobte nichts an mir, als etwa meine Frömmigkeit, meine Kochkunst, und das machte mich noch frömmer, noch wirthschaftlicher; hier sagte man mir zum ersten Mahl, ich sey schön, und der es mir am feurigsten sagte, war es selbst. Der Hauptmann Herber wars, damahls noch Herr Herber schlechtweg. Oft lag er zu meinen Füßen, und ich unbesonnenes Kind gefiel mir in dieser Anbethung so wohl. Auch war er sonst so gut; — in einer unglücklichen Stunde — ach! — wollt ich meine Schande verschweigen, so müßt' ich dich armes Würmchen verstoßen, und du bist das einzige Geschöpf, das mich liebt.

Wilh. Mutter, liebe Mutter, fehlt dir was?

Emilie. Mein Verbrechen ward sichtbar, ich mußte das Haus meiner Wohlthäterinn meiden.

Frembl. Ha, nun kommts. Und er verschwand!

Emilie. Nein. Heirathen durft er mich damahls nicht, seines Vaters wegen, der stolz war und Reichthum liebte; aber er theilte sein Taschengeld mit mir, und schläferte meine Angst mit Wiederhohlungen der Schwüre ein, womit er erst meine Tugend eingeschläfert hatte. — Nach ein Paar Jahren starb sein Vater. Schon machte er Anstalten zu unserer Verbindung, so sehr sich auch seine Schwester sträubte, als er von einer hitzigen Krankheit befallen wurde. Wie sorgt' ich für ihn! Tag und Nacht verließ ich sein Bette nicht, und das waren meine seligsten Tage, denn ich betrachtete mich als die Erretterinn meines Herber. Er genas, sank an meine Brust, und nannte mich vor Gott sein Weib. Sein Vermögen war nicht groß; gütiger Gott! ich hätte ja gern arbeiten wollen, mir einen Abendspaziergang an seinem Arm zu erkaufen.

Fremdl. Und was änderte seine Gesinnungen?

Emilie. Er hatte eine Schwester, eitel und wunderlich. Nie konnte er sie recht leiden und hatte nicht Unrecht, sie zu verachten. Sie gewann zu gleicher Zeit das große Loos in der Lotterie, als ihr die Erbschaft einer Pathe zufiel. So viel Glück machte sie schwindeln, sie wollte die große Dame spielen, und erhielt doch kaum, daß die elendesten Gecken bey ihr schmarotzten. Ihrem Bruder kaufte sie hier, wo Ehren und Aemter feil sind, eine Compagnie, und er war der Ihre. Sie beschenkte ihn reich, und das machte ihn blind gegen ihre Aufführung. Ein Fräulein wollte sie ihm erhandeln, natürlich ward es ihm zur Bedingung gemacht, mich zu vergessen. Die Puppen, die sie ihm vorhielt, blendeten ihn.

Frembl. Oho, er hörte auf ein ehrlicher Kerl zu seyn, da er ein Mann von Ehre geworden war.

Emilie. Er verließ mich.

Frembl. Was? — Und er schwur Treue, schwur sie dem gerechten Gott, und doch verließ er sie, doch —?

Emilie. Der Schmerz machte mich krank. Da lag ich einsam verlassen, kein tröstender Gemahl saß an meiner Seite. Täglich sah ich dem Tode entgegen, ich tröstete mich mit dem Tode, nur wußt ich nicht, was aus diesem Wurm werden sollte. Voll Verzweiflung raffte ich mich auf, nahm meinen Wilhelm und wankte an einer Krücke zu dem geliebten Unmenschen, die Stimme des Bluts aufzuschreyen. Er ließ sich verläugnen. — — Ich wußt' ihn zu Hause, aber ich fand die Thüren verschlossen, sie aufzureißen, hatten sich diese Hände zu matt gerungen, aber meine jammernde Stimme muß bis in das tiefste Gemach gedrungen seyn.

Frembl. Sie ist weiter, sie ist bis in den Himmel gedrungen, und im Himmel ist sie gehört worden.

Emilie. Wüst' und betäubt schlich ich mich weg. Auf der Gasse sank ich in Ohnmacht, sie fanden mich und — —

Frembl. Daß ich damahls gewußt hätte! —

Emilie. Ganz ungerührt war er nicht geblieben, kaum war ich zu Hause, erhielt ich durch den Briefträger was Versiegeltes. Es war seine Verschreibung auf jährliche 150 Rthlr.

Fremdl. Wie vornehm! — O, wir begreifen, damit sie keinen Einspruch thun könnten! — Und sie?

Emilie. Eine feile Dirne war ich nicht. In der ersten Wuth flucht' ich ihm, aber schnell fiel ich wieder auf meine Kniee und bath Gott, den Fluch wieder von ihm zu nehmen. Die Verschreibung schickte ich zurück, sie wurde nicht angenommen, ich habe sie noch; Gebrauch werd ich nie davon machen. Die lange Krankheit hatte meine Rechnung bey der Wirthinn bis 170 Rthlr. erhöht. Die gute Frau fütterte mich und hatte mit neun Kindern doch selbst kaum zu leben. Den Jammer konnt' ich nicht länger mehr ansehn, ich ließ ihr, was ich besaß, und ging mit meinen Kleinen in Gottes Nahmen stille zum Thor hinaus. — So ward aus einer ——— nun auch eine Betriegerinn, denn meine Habseligkeiten werden keine 170 Rthlr. werth seyn. Dieß schmerzt mich am meisten.

Fremdl. Gute Frau!

Emilie. Hart am Thore begegnete mir Herder zu Pferde. Ich trat zu ihm, ihm seine Verschreibung wieder zu geben, indem kam seine Schwester gefahren. In der äußersten Verlegenheit, die ich ihm ansah, gab er dem Pferde die Sporen, und ein unvorsichtiger Schlag seiner Peitsche traf meinen Wilhelm, daß er hell aufschrie.

Fremdl. Den Schlag hat Gott gefühlt. —
— Das ist eben der Herr, der mit meiner Schwester nicht tanzen wollte, weil sie die Tochter eines — o still, o still! (Er tritt bey Seite und zieht seine Börse) Gott, daß ich grade jetzt so bettelarm bin! —
— — Ach, wie mag dem zu Muthe seyn, der den Hülflosen im Elend muß schmachten lassen, weil er sein Geld den Abend vorher verspielte. (Laut) Da Kind, gib das deiner Mutter, sag ihr, sie mögte ruhig seyn. Es ist wenig, aber ohne Fluch erworben.

Emilie. Sehn sie eine gerührte Mutter zu ihren Füßen.

Fremdl. (hebt sie auf.) Pfui, ich bin kein gnädiger Herr, dem man den Rock küßt, damit Ihro Excellenz ihre Schuldigkeit thun mögen.

Emilie. Wie traurig ist es, wenn man nichts hat, seine Dankbarkeit zu beweisen. — Doch diese Rose ist mein Schatz. Ich kenne sie, sie werden mich nicht verspotten. Mein Herber pflanzte den Stock, als er noch mein Herber war. — Da, nehmen sie hin!

Fremdl. Ich nehme sie und danke. Nun bin ich ihr Schuldner und habe noch lange zu zahlen, bis diese Rose bezahlt ist.

Emilie. Ach, ich bin so erschöpft.

Fremdl. Ich geh und hohle eine Erquickung.

(Ab.)

## Zehnter Auftritt.

Emilie. Wilhelm.

Emilie. Liebst du mich, Wilhelm?
Wilh. Schrecklich lieb hab ich dich.
Emilie. Liebst du auch deinen Vater?
Wilh. Pfui, den bösen Mann, der mich so gepeitscht hat?
Emilie. Du mußt auch ihn lieben, recht sehr lieben.

## Eilfter Auftritt.

Der Frembling mit einem Korb voll Pfirschen. Vorige.

Frembl. Da, liebe Frau, erquicken sie sich und ihr Kind — Nun fassen sie sich, Herber kommt die Lindenallee herauf.
Emilie. Himmel, wo verberg ich mich!
Frembl. Lassen sie ihn. Scheuen sie ihn?
Emilie. Er kömmt vielleicht, sich einen vergnügten Tag zu machen, ich will ihn nicht verderben.
Frembl. So gehn sie hier hinaus, dort unterm Schneckenberg finden sie eine Grotte, ziehn sie die Thür an, so sind sie sicher.
Emilie. Komm Kind.
Wilh. Zeig mir den Vater, wenn er mich nicht mit der Peitsche abreichen kann.

Emilie (hebt ihn vor dem Fenster auf.) Da.

Wilh. Der Mann da hinten, wo die Puppen stehn?

Emilie. Er ist noch weit.

Wilh. (droht mit der Faust.) Du, du häßlicher Vater, schlägst du mich nochmahl, so soll dich der Gukguk hohlen.

Emilie. Pfui, Wilhelm, wo hast du das gelernt! — Sprich mir nach: Lieber Gott.

Wilh. Lieber Gott.

Emilie. Segne meinen Vater.

Wilh. (sieht sie an und schüttelt den Kopf.)

Emilie. Artig, Wilhelm! — Segne meinen Vater.

Wilh. Segne meinen Vater.

Emilie. Ja, segne ihn, o Gott! — — Ach, Herder, Herder, sonst, wenn du kamst, eilte dir die entgegen, die jetzt vor dir flieht.

(Will ab.)

Wilh. (zieht sie zurück.) Lieber Gott, hör mahl noch eins. Du mußt auch meine liebe Mutter segnen, wenn du willst so gut seyn.

Emilie (hebt ihn auf und küßt ihn.) Bin ich in diesem Augenblick nicht glücklich!

## Zwölfter Auftritt.

### Der Fremdling.

Er ist bald hier. Komm mir an. — Zwar ist hier der Ort nicht. Nur verachten will ich dich.

Die Entscheidung deines Processes, armes Weib, gehört einem höhern Tribunal.

## Dreyzehnter Auftritt.

### Hauptmann Herder. Der Frembling.

Herder. Ach, endlich sieht man doch einen Menschen. — Das ist ja des Teufels zu werden, wie man sich in dem Park verirren kann, aus der Ueberraschung wird nun wohl nichts werden. — Ist der Herr Amtsrath zu Hause, mein Freund?

Frembl. Ja, mein Herr.

Herder. Die schöne Charlotte doch auch?

Frembl. Die Demoiselle ist auch zu Hause; ja.

Herder. Dient er dem Herrn Amtsrath?

Frembl. Nein.

Herder. Oder vielleicht der Schreiber?

Frembl. Nein.

Herder (für sich.) Das Kleid hat mich wohl verführt. (Laut) Seyn sie doch so gut und zeigen mir den Weg nach dem Schloß, ich habe mich im Garten so verirrt, daß ich immer da wieder hinkomme, wo ich gewesen bin.

Frembl. Gehn sie dort hinunter. Wenn sie am Teich sind, nehmen sie den Gang am Bilde der Diana, dann kommen sie auf ein Viereck, wo sie das Schloß werden liegen sehn.

Herder. Ich bin ihnen verbunden. Wenn sie den Amtsrath oder Lottchen eher sehen sollten, sagen sie ja nicht, daß sie mich gesehn haben, ich wollte sie gern überraschen. (Ab.)

## Vierzehnter Auftritt.
### Frembling.

Hundert und siebenzig Thaler blieb sie schuldig. — — Wie froh würde sie seyn, wenn sie die bezahlen könnte! — — Wer redlich denkt, quält sich Tag und Nacht, wie er seine Schulden bezahlen soll. — Wie froh würde sie seyn! — Und, lieber Himmel! — Ich habe keinen baren Groschen mehr. — — Ach, wie weh thut Armuth, wenn man sich solchen Kauf muß entgehen lassen! — Zwar, ich könnte wohl Rath schaffen. — — (Er zieht einen Ring heraus) Dieser Ring — — 200 Rthlr. ist er unter Brüdern werth. — — Aber mein einziger Plan, durch seine Hülfe mit dem, was ich verdiente, nach Italien zu reisen. — — Pfui, der schändlichen Bedenklichkeit. — Einen Menschen zu retten, ist es nicht größer, als einen geretteten Menschen zu mahlen! Diese Schilderung hängt vielleicht ein Prinz in seinem Saal auf, und Affen stehn davor, häucheln Kunstgefühl, wollen Schönheiten finden, wo oft keine sind: jenes Bild, von anlächelnden Engeln umringt, bewahrt Gott bis zum Tag der Vergeltung.

— Sie soll das Geld haben. Eine Freudenthräne wird in ihr Auge treten, welcher Mahler mahlt sie mir nach! — Es ist ein Andenken meiner Mutter! Es ist das Letzte, was mich ans väterliche Haus erinnern könnte — — — Ich trete aus dem Vaterhause — — aber ich geh in ein Himmelreich. — Wenn ich dich weg gebe, reiß ich mich los aus den Mutterarmen, aber wohlthätig streckt sich meines Engels Arm entgegen. Geist meiner seligen Mutter, lächelst du hernieder auf mich? — Denn mir ist so wohl, so wohl. Jetzt kann ich lachen des Vorurtheils. Laß mich ein Frembling seyn auf der Erde, dort werd ichs nicht seyn. Dort, wohin Wege aus dem Palast, wohin Wege vom Rabenstein gehn — — Dort ist meine Heimath.

## Zweyter Aufzug.

### Zimmer im Schloß.

### Erster Auftritt.

Charlotte. Hauptmann Herder.

#### Herder.

Und niemand hat ihn vorher im Dorfe gesehn?

Charl. Weder vor noch nachher.

Herder. Gott sey Dank, daß sie gerettet sind!

Charl. Es ist doch aber unangenehm, daß ich meinen Erretter nicht kennen soll.

Herder. Haben sie denn gar keine Vermuthungen.

Charl. Dieses Tuch mit I. H. gezeichnet, hatte er am Ufer verloren.

Herder. I. H. Hm, das Tuch ist gut und doch nicht ganz besonders fein. Und sie tragen beständig — —

Charl. Beständig das Andenken des großmüthigsten Mannes. Ach, aber wir lassen den Vater allein.

Herder. Ist es ihnen gefällig.

Charl. Wollen sie nur voran gehn, ich komme gleich nach.

Herder. Doch bald!

Charl. So bald als ich kann.

Herder. So viele Minuten sie ausbleiben, so viel einsame Stunden hab ich auszustehen.

(Ab.)

## Zweyter Auftritt.

### Charlotte.

In der That, der Hauptmann ist ganz anders geworden, wenigstens kommt er mir ganz anders vor. — Ich mag ihn gar nicht mehr recht leiden.

## Dritter Auftritt.

### Rossenwasser. Charlotte.

Rossenw. Ach, werthgeschätzte Demoiselle, ein Unglück, o ja, ein Unglück! —

Charl. Eine Zeitung seiner Art, viel Geschrey und wenig Wolle.

Rossenw. Lieber Himmel, Wolle die Menge, o ja, Wolle die Menge. — Mein seliger Großvater — —

Charl. Ist vermuthlich todt.

Rossenw. Ja, da sagen sie ein wahres Wort und schon lange, lange — — O, du mein Himmel, sie verwirren mir den Kopf auch noch. Ich wollte sagen, mein seliger Großvater hat diesen Flügel vom Schloß noch bauen sehn, aber solche Streiche gewiß nicht erlebt. — — Ihr Pfirsichbaum. — —

Charl. Was?

Rossenw. O ja, ihr Pfirsichbaum — — Nun sind es fünf Jahr wenigstens — vor meinem Schmolk steht es, wie lange es her ist, daß sie ihn mit eignen Händen pfropften, o ja, pfropften. — Sie waren noch so ein kleines dummes Dingelchen, spannten noch unsern Pikas vor ihren kleinen Rollwagen, der vor zwey Sommern toll wurde und erschossen werden mußte. — Ja, um den Hund wars auch Jammer und Schade, o ja, Jammer und Schade und ich sag immer, — unsern vorigen Pastor Schmausius und unsern Hühnerhund Pikas haben wir gehabt und werden sie in unserm Leben nicht wieder bekommen.

Charl. Nun, wird er bald fertig seyn?

Rossenw. Lassen sie einen denn zu Worte kommen? — Kurz also, ihr Pfirsichbaum ist bestohlen — Ihre schönen Pfirsichen — — — weg sind sie; o ja, weg sind sie.

Charl. Gewiß sind wieder seine gottlosen Jungen.

Rossenw. Werthe Demoiselle, ich schnitte den Jungen die Bäuche auf. — Nein, da ist der fremde Kerl, der Mahler.

Charl. Der hat sie? — I nu, es hat nichts zu bedeuten, er wird sie wohl gern essen.

Rossenw. Das glaub ich, o ja, das glaub ich. Aber da tractirt er noch groß und breit seine Frau, oder — — auf der Stirn steht es ihr nicht geschrieben, was sie ist.

Charl. Seine Frau?

Rossenw. Die er hat kommen lassen mit seinem Kinde.

Charl. Seinem Kinde?

Rossenw. Aber mich soll der Teufel hohlen, wenn — — (Es wird geklopft.)

Charl. Herein!

Rossenw. Hab ich gesagt: der Teufel? — Nein, ach nein, ich wollte sagen: der Gukguk, o ja, der Gukguk.

Charl. (da wieder geklopft wird, lauter.) Herein.

## Vierter Auftritt.

### Der Fremdling. Vorige.

Frembl. Vergeben sie, ich stieß im Schloß auf niemand, der mich hätte zurecht weisen können.

Rossenw. Ja, ja, die Kernknaker thun den Pfirsichen vielen Schaden, aber ich lade meine Büchse. —

Frembl.

Frembl. Ach, das erinnert mich — Ich hab einen Diebstahl begangen, ihre Pfirsichen. — —

Charl. Verzehrt? Gesegnete Mahlzeit.

Frembl. Mein Gott, wie können sie glauben, daß ich so grob — ach nein, nur verkauft hab ich sie. —

Rosenw. (für sich.) Das ist ja noch gröber, o ja, noch gröber.

Charl. (hält naiv die Hand hin.) Mein Geld!

Frembl. Das Dankgebeth einer schmachtenden Mutter, sind sie damit zufrieden?

Charl. (gerührt.) Für den Preis verkaufen sie alle Früchte im Garten.

Rosenw. (bey Seite.) Für den Preis wird er sie alle los, o ja, alle los.

Charl. Aber diese Mutter — — Ihre Mutter?

Frembl. So gut wie meine Mutter. — — O, warum ich kam, — ich suchte den Herrn Hauptmann Herber.

Charl. Nehmen sie Platz, er wird vielleicht bald kommen. — Es pressirt doch nicht?

Frembl. Doch.

Charl. So such er ihn, Rosenwasser.

Rosenw. (geht ab, bis in die Thür.) Lups in fabulas, da kommen sie aber, (er öffnet die Thüre ganz) o, ohne Complimente Ihro Gnaden, ich bin nur der Gärtner Rosenwasser, o ja, Rosenwasser. (Hauptmann tritt ein, Rosenwasser geht ab.)

Frembling.

## Fünfter Auftritt.

Hauptmann Herder. Charlotte. Der Fremdling.

Charl. (will gehn.)
Herder. Kaum laß ich mich sehen, so wollen sie sich entfernen.
Charl. Ich muß.
Herder. Desto schlimmer für mich.
Charl. Dieser Herr hat mit ihnen zu reden.
Herder (leiser.) Wer ist der Mensch?
Charl. Da fragen sie mich zu viel. — — — Ich empfehle mich ihnen. (Ab.)

## Sechster Auftritt.

Hauptmann Herder. Der Fremdling.

Frembl. Verzeihen sie, Herr Hauptmann, wenn ich störe.
Hauptm. Was soll denn seyn?
Frembl. Ich befinde mich wegen einer gewissen Ausgabe in einiger Verlegenheit und wünschte (zieht den Ring hervor) diesen Ring zu verkaufen, den ich ihnen am ersten gönne.
Hauptm. Mir am ersten?
Frembl. Der Ring ist schön.
Hauptm. Das ist er. — In der That! — Zwar nicht ganz modern, aber doch schön. — Dieß Gemählde darin.

Frembl. Geht nicht mit in den Kauf, es ist das Bild einer guten Mutter und hat nur Werth für den, der sich auf so was versteht. Das Gemählde mach ich aus, sie verlieren nicht, wenn sie den Ring kaufen. (Er nimmt ein kleines Gemählde aus dem Ring.)

Hauptm. Und soll kosten?

Frembl. Zwey hundert Thaler!

Hauptm. Geht nichts ab?

Frembl. Ich schachere nicht.

Hauptm. Wer sind sie denn?

Frembl. Ein ehrlicher Mann — — Seyn sie ruhig.

Hauptm. Der Ring gefällt mir — — — Ob wohl dieses Portrait darin passen sollte! (Er nimmt ein ander Gemählde aus der Tasche und gibt es dem Frembling.)

Frembl. (für sich.) Emiliens Bild! (Laut) Es paßt, ob es passen wird, wenn sie es tragen. —

Hauptm. Wie so?

Frembl. Wollen sie zwey hundert Thaler geben?

Hauptm. Da geht nichts ab! — Nun gut, hier sind 40 Louisd'or.

Frembl. Hier der Ring. Sie scheinen zufrieden.

Hauptm. Die Steine brilliren.

Frembl. Ich bin auch zufrieden. — Jetzt kann ich diese Rose bezahlen.

(Mit einer Verbeugung ab.)

C 2

## Siebenter Auftritt.

### Hauptmann Herder.

Ein sonderbarer Kauz! — Ich muß ihn irgendwo schon gesehen haben — — So will ich dein Andenken ehren, Emilie, denn wenn ich dich gleich verlassen mußte, vergessen werd' ich dich nie.

## Achter Auftritt.

### Charlotte. Herder.

Charl. Nun werden wir Neuigkeiten hören.
Hauptm. Neuigkeiten?
Charl. Wegen des Fremdlings.
Hauptm. Des Fremdlings?
Charl. Des geheimnißvollen Menschen, der eben von ihnen ging. Wer ist er? — Was will er hier? — Warum so geheim? — Vielleicht ein Duell? — Ist er schon verheirathet? — — Mein Gott, so reden sie doch, so sprechen sie doch, antworten sie doch.
Hauptm. Haben sie nur die Gewogenheit, eine einzige Frage zu wiederhohlen, denn ich habe sie alle zusammen wieder vergessen.
Charl. Wer der junge Mann ist?
Hauptm. Mein Rekrut.
Charl. Was!
Hauptm. Er hat eben Handgeld von mir genommen.

Charl. (ist dem Umsinken nah.) Gott im Himmel!

Hauptm. Charlotte, um Gottes Willen, wie sehn sie aus, es war nur Scherz.

Charl. Scherz?

Hauptm. Bey meiner Ehre, es war nur Scherz, aber nimmermehr hätt' ich mir diese Folgen von diesem Scherz träumen lassen. Erhohlen sie sich.

Charl. Schellen sie doch.

Hauptm. (schellt.) Kommen sie in die freye Luft.

Charl. Ach nein.

### Neunter Auftritt.

#### Lisette. Vorige.

Lisette. Was befehlen sie.

Charl. Führ mich auf mein Zimmer. — Sie verzeihen. (Ab mit Lisetten.)

### Zehnter Auftritt.

#### Hauptmann Herder.

Mir ahndet, was ich nicht denken mag. — — Spröde gegen mich bis zur Unhöflichkeit. Man muß ausforschen, wer der Fremde ist. — — Dem Ringe nach — — Ha, die Kapsel ist mit

einem H bezeichnet, das Tuch hatte auch ein H.
— Hm, das ist doch wohl nur Zufall! — —
Charlotte, Charlotte, — ach, es war doch nur
eine Emilie für mich. — — Ich muß machen,
daß ich wieder zur Stadt komme, muß mich in
Bälle, Spiel und Schmausereyen stürzen, da
hab ich doch bey Tage Ruhe vor meinem Gewissen — freylich besucht es mich dafür sehr ungelegen nach Mitternacht und pocht mich mit schrecklichen Schlägen vom Schlaf auf. (Ab.)

### Eilfter Auftritt.

**Gartenhaus, wie im ersten Aufzug.**

### Emilie. Wilhelm.

Emilie. Sieh Kind, hier ist es nicht so finster als in der Grotte, willst du hier schlafen?

Wilh. Schlafen, schlafen.

Emilie (legt ihn auf einen Tisch.) So, schlaf, Wilhelmchen.

Wilh. Gute Nacht, Mutter — Nacht.

Emilie. Da schläft es gleich sorgenlos ein.
— — Er, der dem Sperling seine Nahrung gibt, wird auch dich nicht verhungern lassen.

## Zwölfter Auftritt.

**Frembling. Vorige.**

Frembl. 170 Rthlr. blieben sie der guten Frau schuldig?

Emilie. Ach Gott, wenn ich an die gute Seele denke, mit ihren vielen Kindern! — Und ich habe keine Aussicht, sie jemahls zu bezahlen.

Frembl. Hier sind 170 Rthlr.

Emilie. Herr, Herr, wie begreif ich (weint) und ich kann nur weinen und kann nichts, als weinen. Warum sitzt doch die Zunge nicht unmittelbar am Herzen!

Frembl. Still, liebe Frau, das Geld bringen sie selbst hin, der Anblick wird sie belohnen. Jetzt lassen sie uns auf die Zukunft denken. Satt sollen sie werden, geschützt gegen Wind und Wetter und an einem Küssen zur Ruhe wird es auch nicht fehlen. Haben sie Muth, diese Hände zur Arbeit zu gewöhnen?

Emilie. Muth, Muth!

Frembl. (mit Selbstgefühl.) Ich auch.

Emilie. Die Sonne soll mich arbeitend verlassen, arbeitend soll sie mich wieder finden, nur mein Gebeth soll mein Tagewerk unterbrechen. Mein Festtag soll seyn, wenn mir so viel übrig bleibt, auch frembes Leiden zu lindern.

Frembl. Auch ich will arbeiten, mit ihnen, für sie. War er zu stolz, mit den Meinen nicht an einem Tisch sitzen zu wollen, so bin ich so stolz, durch meiner Hände Arbeit die Seinen zu ernähren. Nein, sehn sie mich nicht so bedenklich an, ich bin kein vornehmer Mann, ich habe nichts Arges im Sinn. Nicht meine Geliebte, sie sollen mir weit ehrwürdiger seyn, ehrwürdiger, als wenn sie meine Gattinn wären; meine Schwester — ach, ihr ähnliches Schicksal! — Sie sollen meine Mutter seyn, und ihr Sohn mein Bruder. Hab ich mich Tages müde gearbeitet und konnte sie am Abend satt machen und ihr Kind auch, o, dann hab ich einen herrlichen Abend und ich werde den Morgen nicht erwarten können, mir wieder so einen herrlichen Abend zu verdienen.

Emilie. Arbeiten wollen sie, — sie sind also arm?

Fremdl. Ist der arm, der für solch ein Tagelohn arbeitet!

Emilie. Nein, edler Mann, nimmermehr! — Sag ichs doch, wer ein Laster begieng, wird jeder Niederträchtigkeit fähig gehalten. Wie sollt' ich ihnen diese Summe je wiederzahlen können!

Fremdl. Gott, Gott wird sie mir mit den Zinsen bezahlen.

Emilie. Soll ich ihre Angehörigen bestehlen?

Fremdl. (bitter lachend.) Meine Angehörigen?

Emilie. Nehmen sie das Geld.

Fremdl. Mutter, sieh auf dein Kind.

Emilie (die Hände gefalten gen Himmel.) Ich seh auch seinen Vater.

Fremdl. Willst du mich um meinen Himmel bringen? — Ober wolltest du dich lieber vom Schwelger füttern lassen, als mit dem Armen fürlieb nehmen? — Nein, das wolltest du nicht, du denkst mich nur unglücklich, wo ich doch so ganz glücklich bin. — Arbeit macht gesund. Arbeit gibt Hunger und Schlaf, ich werde auf meinem harten Lager die Harmonien himmlischer Chöre hören, wenn den Prasser die Seufzer der Nothleidenden aufjagen, die zu Hause kein Abendbrot hatten und sich an seinen illuminirten Ballsälen satt sehen könnten. — Ober, hoffst du auf Wunder? — Bethen ist wohl, handeln ist besser. Du kannst lange bethen, bis Gott dir zu Liebe die weise Ordnung seiner Natur umstößt und dir einen Engel sendet, mit Brot für dich und dein Kind.

Emilie. Doch, doch, er hat mir einen Engel gesendet, sie sind mein Engel. Nein, ich will seine Wohlthat nicht von mir stoßen, ich bin ganz überwunden.

Fremdl. Habe Dank. Nun hab ich ja Beruf und Bestimmung, nun hab' ich Angehörige. — Jetzt erhöre meinen Wunsch, sündlich — sündlich wird er nicht seyn, denn Elend macht tugendhaft. — Laß den Vater dieses Kindes so elend werden, daß er, — ja, daß er betteln gehn muß. Vor deine Thür muß er dann kommen, die muß

ihm Gutes thun, die er verstieß, der Sohn muß
ihn füttern, den er zum Bastard gemacht hat.
— — Nein, das ist mir nicht genug. Er muß
wissen, daß ich es war, er muß vor mir stehn und
mir nicht ins Gesicht sehn können, und erfahren,
daß ich es war, der sein letztes hingab, der sein
Weib, der sein Kind ernährte, ich, mit dessen
Schwester er nicht tanzen wollte, ich, der zu schlecht
war, mit ihm an einer Tafel zu sitzen.

Emilie. Ach nein, nein!

### Dreyzehnter Auftritt.

Rosenwasser mit einem Korb voll Früchte.
Vorige.

Rosenw. Bittet, so wird euch gegeben, o ja,
so wird euch gegeben. — Da, nicht wahr. Bäck-
chen, so schön, als sie keine Jungfer in der Stadt
hat, denn sie lassen sich nicht wegwischen, da Madam, oder Mamsell —

Emilie (nimmt und dankt:)

Rosenw. Hier — Herr —r—r—r—

Fremdl. Ich verbitte.

Rosenw. (für sich.) Mag doch wohl was Vor-
nehmes seyn, er nimmt lieber auf unrechtem Wege. (Laut) Dem Kleinen auch sein Theil, o ja,
auch sein Theil.

Emilie. Wecken sie ihn nicht, er hat sich müde gelaufen und schläft so sanft.

Rosenw. Er muß doch auf und hier fort; das junge Brautpaar kommt hierher.

Fremdl. Brautpaar?

Emilie } (zugleich.) Ach Gott!
Fremdl. } Unglückliche Charlotte.

Rosenw. Ich laufe weg, sie sind toll im Kopf, o ja, toll im Kopf. (Ab.)

## Vierzehnter Auftritt.

Vorige, ohne Rosenwasser.

Fremdl. Fort; gute Frau, sie muß er noch nicht sehen, ich will ein starkes Wort mit ihm reden.

Emilie. Sie soll ihn nehmen; sie wird seiner würdiger seyn.

Fremdl. Nein, das arme Kind soll mit ihm nicht elend werden. — Haben sie die Verschreibung bey sich.

Emilie. Ja.

Fremdl. Geben sie her.

Emilie. Wozu?

Fremdl. Geben sie her. Und nun fort. — Wecken sie ihr Kind.

Emilie (weckt und hebt es auf.)

Fremdl. Mein Blut kocht, so muß ich seyn, just so, wie ich bin.

Emilie. Ich lieb ihn, und muß immer flehen vor ihm. Ach Gott, straf ihn nur nicht in jener Welt, so kann ich doch dort noch glücklich mit ihm seyn. (Mit dem Kinde ab.)

### Fünfzehnter Auftritt.

#### Frembling.

Im Nahmen der ermordeten Unschuld, im Nahmen der gestohlnen Ehre, Verlaßne, in deinem Nahmen will ich sprechen. — Im Nahmen der Armen, die mit ihm elend werden mußte, Emilie, in dem deinen. Worte können nicht fehlen, in meiner Seele sieben Gefühle für hundert Zungen. — Sie kommen.

(Er ziebt sich etwas zurück.)

### Sechzehnter Auftritt.

#### Charlotte. Hauptmann Herber. Der Frembling.

Hauptm. Die frische Luft ist ihnen zuträglich gewesen.

Charl. Etwas.

Hauptm. Und doch waren sie so schwer zu dem Spaziergang zu bewegen.

Charl. Je nun, Krankheit schafft Eigensinn.

Hauptm. Kann ich also ganz ruhig seyn? — Zürnen sie nicht auf mich eines Scherzes wegen, von dem ich diese Folgen nicht sah?

Charl. Laſſen ſie uns davon abbrechen.

Hauptm. Charlottchen, in der Stadt waren ſie weit gütiger gegen mich.

Charl. Ich bin krank.

Hauptm. (zu ihren Füßen.) Ich will ihr Arzt ſeyn.

Frembl. (ſpringt hervor.) Zurück, der Arzt iſt ein Mörder, Gift reicht er, ſtatt Arzney.

Hauptm. ⎱ (zugleich.) Herr!
Charl. ⎰ Ha!

Frembl. Was wollen ſie Herr? — Noch eine Perſon unglücklich machen? — Dieß gute, liebenswürdige Mädchen heirathen, da ſie ſchon verheirathet ſind.

Hauptm. Sinnloſer!

Frembl. Was iſt Emilie, wenn ſie ihre Gattinn nicht iſt?

Hauptm. (in ſchrecklicher Verlegenheit wie angewurzelt.)

Frembl. Ha, die vornehme Welt, die ſo manche alte Erbtugend aus der Mode gebracht hat, ſollte das Gewiſſen auch noch abſchaffen, damit der Böſewicht von Anſehen im Stande wäre, wenn er bey einem Bubenſtück ertappt wird, dem ehrlichen Bettler ins Auge zu ſehn.

Hauptm. Charlotte.

Charl. Gehn ſie, ſie ſind mir fürchterlich.

Hauptm. Hören ſie mich.

Frembl. Was, ſie wollen antworten? — Wer einem Weibe ewige Treue ſchwört, iſt der nicht verbunden mit dem Weibe? — — Denken sie, da sie nicht im Stande ist, einen Priester zum Zeugen zu hohlen, daß sie nicht Gott zum Zeugen anrufen kann. Hat der Mann von Ehre ein Mädchen entehrt und will diesem Engel einen Brautkranz von Dornen winden.

Hauptm. Wer ist der Rasende!

Fremdl. (zu Charlotten.) Vor Gott hat er geschworen, sie glaubt an Gott, sie ist seine Frau. Nicht verkauft, auf ein Eheversprechen ergeben hat sie sich ihm, — ist sie eine Buhlerinn? — Ihr Herz hat sie ihm zum Opfer gebracht. Sie hat ihre Gesundheit, ihr Leben gewagt, das seine zu retten, sieht das einer Buhlerinn ähnlich?

Charl. Die arme Leidende!

Fremdl. Ihren letzten Schatz, ihre Unschuld hat er ihr geraubt, und jetzt ist sie ihm zu arm. — Vergelter aller Thaten, du der du die Gesetze, die du ins Herz der Menschen geschrieben hast, handhabst, Mütter wirst du richten, die ihre Kinder leib- und seelkranken Ammen Preiß gaben, damit ihr bißchen Larve nicht litte, diese unglückliche Verführte nimmst du gewiß in Gnaden auf, und wenn sie auch von pharisäischen Splitterrichtern verworfen würde.

Hauptm. Um Gottes Willen, Charlotte, hören sie mich.

Fremdl. Erst mich. Lerne mich kennen. Ich bin der Pflegevater deines verlassenen Weibes, deines verstoßnen Kindes. Hier ist ein Engel, der durch dich einst auch elend werden soll, der dich jetzt hassen wird, wie du es verdienst. Mit Emillien, Herr Hauptmann, haben sie hier nichts zu schaffen, dort, dort. — Sie ist keine Buhlerinn, ihre Verschreibung gibt sie ihnen zurück, wenn sie eine Buhlerinn wollen, so sollen sie sich dafür eine miethen. (Er zerreißt die Verschreibung, wirft sie hin und geht ab; in der Thür begegnet ihm Emilie mit Wilhelm.)

### Siebenzehnter Auftritt.

#### Emilie. Wilhelm. Vorige.

Emilie. Ich sage mich los von ihm, ich vergebe, — ich segne ihn, (ist einer Ohnmacht nahe, der Frembling unterstützt sie.)

Hauptm. Gott sie ist es! (Wirft sich in einen Stuhl.)

Charl. Daß ertrag ich nicht. (Stürzt ab.)
(Alles dieß äußerst rasch und fest zusammen)

Frembl. (hält in einem Arm Wilhelm, im andern die ohnmächtige Emilie und schleppt sie so vor den Hauptmann.) Herr Hauptmann! — Herr Hauptmann Herber!

Hauptm. (steht hin und kehrt gräßlich das Gesicht weg.)

Frembl. Merken sie sich dieß Gesicht! — und dieß! — und auch dieß! — Diese drey

Gesichter werden sie vor dem Richterstuhle Gottes wieder sehn.
(Schleppt sie ab.)

Hauptm. (verhüllt das Gesicht mit beyden Händen.)

---

# Dritter Aufzug.
## Das vorige Gartenhaus.

### Erster Auftritt.
#### Der Frembling.
(Er ist beschäftigt ein Päckchen zusammen zu binden.)

Das meine ist gethan! — Nimmt sie ihn, so — — so ist sie unglücklich, aber sie wird nicht, sie wird nicht! Ach Charlotte, wem du auch einst zu Theil wirst, er mache dich nur glücklich, so glücklich, als du es zu seyn verdienst.

### Zweyter Auftritt.
#### Hauptmann Herder. Der Frembling.

Hauptm. Mein Herr!

Frembl.

Fremdl. (sieht ihn groß an, ohne etwas zu erwiedern.)

Hauptm. Mein Freund, mein Erretter, der gemacht hat, daß ich nicht mit dem Aechzen der Verlaßnen beladen, durchs Leben wandeln werde. — Wiewohl ich Emilien —— Zwar ich bekenn' es gern, ich bin ihr mehr schuldig. — Ich bin ihnen verbunden, mein Herr. Sagen sie mir nur, was sie Emilien sind? — Sagen sie mirs, mein Freund!

Fremdl. Sie erkennen Emilien als ihre Gemahlinn?

Hauptm. Ach, wär ich nie geworden, was ich bin, um so glücklich zu seyn, als ich nun nie werden kann. Aber verehren werd' ich sie stets, o, sie verdient es. Auch soll sie nicht barben. Die Verschreibung soll sie meiner Schwester verzeihen, aber nichts von meiner Schwester annehmen, um ihr nicht verbunden zu seyn. Ich, ich will theilen mit ihr, will barben, damit sie nur bequem leben kann.

Fremdl. Gewiß fühlen sie, Herr Hauptmann, daß sie sich nur noch mehr anklagen, indem sie sich zu vertheidigen scheinen, daß sie keinen Schritt vorwärts thun, indem sie —

Hauptm. Ach, Freund, was soll ich ihnen sagen. —— Meine Bewegung — meine Verlegenheit —

Fremdl. Ist Rührung, will ich hoffen —— Guter Gott! ist es mir gelungen, aus diesem

Fremdling.

Herzen einen Feuerfunken Tugend zu schlagen, o
so gib meiner Zunge Kraft, ihn bis zur Flamme
anzublasen. — Können sie Liebe mit Geld bezahlen? — Liebe will Liebe zum Lohn — — Was
wollen sie ihr für Ersatz geben, wenn man mit
Fingern zeigt auf die — — Sie wissen ja, was
sie geworden ist.

Hauptm. Sie soll hier nicht bleiben, sie soll
hinziehn, wo sie jedem ins Auge sehen darf, wo
niemand sie kennt.

Fremdl. Als sie sich selbst. — Können sie
ihr Selbstgefühl nehmen? — Sie geben ihr schöne Kleider, und sie schämt sich in diesen schönen
Kleidern vor ihre eigene Dienstmagd zu treten.
Sie geben ihr eine herrliche Tafel, können sie ihr
aber auch Frieden der Seele geben, diese herrliche Tafel zu würzen. — — Geben sie ihr ein
Landgut, — ihr ist die Welt zu enge. Das Herz
des Liebenden darbt, wenn es sich dem Geliebten
nicht mittheilen kann. Sie liebt, und soll einsam
glücklich seyn können!

Hauptm. Ob sie mich wirklich noch liebt!

Fremdl. Wurden sie je geliebt?

Hauptm. Mehr, als ich verdiene. Mit Entzücken erinnere ich mich jener Tage, sie waren die
schönsten meines Lebens.

Fremdl. Die so liebte, kann die wohl aufhö-
ren zu lieben. — Sie können diese schönen Tage
wieder leben; treten sie doch nicht ihr eigenes
Glück mit Füßen.

Hauptm. Es ist zu spät — — Wenn sonst — — jetzt ist's zu spät, die Verhältnisse, in die ich leider getreten bin und noch treten muß.

Frembd. Und sie sollten nicht merken, daß sie dieß Port d'Epee mit mehr Ehre ablegen als tragen können, da es ihnen eine reich gewordene Schwester gekauft hat, da sie manchem gedienten Mann dadurch Raum machen, nach seinem Verdienst zu steigen. Ihre Schwester hat ihnen ein Haus in der Stadt gekauft, verkaufen sie es, nehmen sie ihr Erbtheil dazu, und ziehn sie aufs Land. Sie gewinnen bey dem Tausch. Hier sind sie nicht der Sclave eines Götzen, den seine Sclaven selbst erst schnitzeln mußten, hier sind sie Herr, wenn sie gut sind, der Abgott ihrer Bauern. — Freylich, geschmeidige Rücken umringen sie nicht, dafür haben sie den Händedruck eines silberhaarigen Greises, dem sie die halbe Pacht schenkten, weil es ein Mißjahr war, den Kuß eines schönen Mädchens, das sie aussteuerten, und den Segen zu ernten, wo sie säeten — — Wenn sie ausreiten, läuft Alt und Jung herzu, man lächelt ihnen entgegen, man streicht die Haare von der Stirn, um ihnen ganz frohe Gesichter zu zeigen, deren Schöpfer sie waren. — Freylich, ein gut Gewissen müssen sie dabey haben.

Hauptm. Das war es, das war es!

Frembd. Hier, Herr, glaubt man einen Gott — Man geht nicht hin in den Garten, um eine Parthie Whist zu spielen, sondern um die Natur zu genießen. Man sieht die Wiesen grünen, die Saat blühen, besser als in der Stadt, wo ewiger Staub die Pracht der Natur verdunkelt. Man sieht es herzlicher, weil man Theil daran hat und auf die Ernte hofft. Man hört die Nachtigall schlagen, und im Kornfeld die Wachtel und keine lärmende Carosse überraschelt den himmlischen Gesang. Man glaubt einen guten Gott! — Ach, wer ist glücklicher, als der, der einen guten Gott glaubt. — Freylich, ein gutes Gewissen muß man haben.

Hauptm. Da liegt es! — da liegt es!

Fremdl. Spleen und Langeweile fliehen vor der Arbeit. Arbeit belohnt sich selbst durch Appetit, Gesundheit, Schlaf und durch den kleinen Stolz, sagen zu können: dieß ist mein Werk. — Wie herrlich schmeckt die Frucht, die wir selbst pflanzten, die Kirsche, die wir selbst pfropften! — Ein edler Bild. — Sie nehmen eine arme Familie auf — und alles das ist auf dem Lande mit geringen Aufwand gethan — sie geben ihr eine Hütte, ein brach liegendes Feld und Geräthschaft, diese kleine Colonie feyert ihr erstes Erntefest und bringt ihnen aus Dankbarkeit unter Schalmey- und Flötenspiel das erste Brot. — So ein Brot gedeiht! — Freylich mit einem guten Gewissen muß mans verzehren können.

Hauptm. Mit einem guten Gewissen!

Fremdl. Ja Herr, denn hier ist Bosheit nicht Modeschwachheit, Verführung der Unschuld nicht Galanterie.

Hauptm. Grausamer Mensch, sie schildern einen Unglücklichen, der sein Vermögen verspielt hat, die Vortheile des Reichthums.

Fremdl. Rückkehr zur Tugend ist der Tugenden schönste.

Hauptm. (vor sich hin.) — Rückkehr! — Wäre der Berg nicht so hoch, über den ich zu steigen habe!

Fremdl. (wird unter diesen kurzen Reden des Hauptmanns Emilien von Außen gewahr, tritt ans Fenster und gibt ihr einen Wink.)

Hauptm. Und wenn ichs recht überlege, was verlier ich. — Meine eigene Kameraden lassen michs fühlen, daß ich das Machwerk meiner Schwester bin. — Und doch. —— Ach!

Fremdl. (tritt zu ihm, und führt ihn an ein anderes Fenster.) Sehn sie hin, dort auf der Garbe schläft ein junger Mann. — Betrachten sie das unbefangene Gesicht — Haben sie wohl je nach einem Ball so ruhig geschlafen? — Ich wette, was ihn weckt, ist der Kuß seines Weibes, die ihm das Abendbrot bringt.

Hauptm. Ach, wie oft hat mich Emilie mit so einem Kusse geweckt.

Fremdl. Neben ihm knieet sein kleiner Sohn. Ach, sehn sie, sehn sie, er scheucht dem Vater die Fliegen von der Stirn! — der mag den Vater recht lieben.

Hauptm. Hören sie auf.

Frembl. Und ist noch so klein. Aber doch weiß ich gewiß, wenn der Vater arbeitet, sucht er ihm zu helfen. Natürlich ist er zu schwach dazu, aber wenn er auch nur hier und da ein Steinchen von dem Pfluge wegräumt, wenn er auch nur hier und da eine Aehre sammelt, und mit zur Garbe legt, das nimmt der Vater gern als große Arbeit an.

Hauptm. So groß muß grade mein Wilhelm jetzt seyn!

Frembl. Schrecklich, wenn ich denke, daß dieß gute Kind, wenn es der Vater verstieße, von Hunger und Elend zur Verzweiflung gebracht — einst auf dem Rabenstein sterben könnte.

Hauptm. Allmächtiger Gott! (Wirft sich in einen Stuhl.)

Frembl. (tritt leise an die Thür, und zieht eben so leise Emilien herein.)

## Dritter Auftritt.

### Emilie. Wilhelm. Vorige.

Emilie (hat Wilhelm an der Hand, sträubt sich etwas, indem sie der Frembling leise hereinzieht.)

Frembl. (tritt allein näher zum Hauptm.)

Hauptm. Emilie, Emilie, welch einen Himmel von mir gestoßen.

Frembl. Sie sey ihr Weib, ziehn sie aufs Land. Sie waren leichtsinnig, weil sie unter leichtsinnigen Leuten lebten. Gestehn sie nur, daß sie sich oft ihres guten Herzens geschämt haben, weil es eine zu bürgerliche Erziehung verrieth, daß sie oft aus Point d'honneur böse waren. Hier werden sie unter lauter guten Menschenkindern leben, sie werden wieder gut werden. Gut seyn, ist hier von Abel seyn! Sie würden sich also schämen von schlechterm Abel zu seyn, als der Bauernjunge hinter der Herde., ziehn sie aufs Land. — — Nicht wahr, sie ziehn hin? — — Ja, ja! ein **ehrlicher** Mann hält schon dem **gnädigen** Herrn die Wage. Es ist ein treffliches Leben, wenn man sitzt bey einem lieben Weibe, die uns gewiß liebt, weil sie uns alles aufopferte, einem Weib — wie der Engel hier. (Er legt rasch Emiliens Hand in die seine) Auf dem Schooß ein hoffnungsvoller Sohn (setzt ihm eben so rasch das Kind auf den Schooß) — nicht wahr, der Mann ist glücklich.

Emilie (liegt schluchzend zu seinen Füßen.) Herder, Herder, ich armes Weib bachte dich glücklich zu machen.

Hauptm. Mein Weib! — Mein Sohn!
(Stumme Umarmung. Pause.)

Fremdl. Gott sey gedankt! — — Mein, mein ist dieß Werk! — Ach Gott, nur bann und wann mög es mir glücken, so was zu bauen und die stolzen hochwohlgebornen Herren, und die bürgerlichen wohlgebornen Herren, die oft noch stolzer sind, mögen immer ihre Thüren verschließen vor dem Sohn des — — O ich bin stolz, ich bin mit mir zufrieden.

Hauptm. Vergib, Emilie, vergib, mein Weib, mein Kind! — — Jetzt behalte meine Schwester ihre Tafel, wir wollen nicht hungern hier, liebes Weib. — Jetzt behalte der König seine Würden, — — hier ist gut seyn, hier will ich mir Hütten bauen.

(Umarmung, sie versinken in stummes Entzücken.)

Frembl. (von Ferne in großem Anschauen.) Ich — ich hab es gethan — ich, der verachtete Frembling! — Diese Rose? Sie gehört nicht mehr mir. Hände der Liebe zogen sie, ihr Platz ist bleß Herz.

(Er steckt dem Hauptmann die Rose an.)
(Er steht hinterm Stuhl, und betrachtet die glück=
liche Gruppe mit frohen Augen.)

Ich will ganz die Aussicht in meine Schöpfung genießen. — Mein, mein — mein ist dieß Werk! — — Sie sind glücklich und ich — ich bin selig, o Gott!

(Er breitet die Arme über sie aus.)


Der Vorhang fällt.

# Vierter Aufzug.
### Das vorige Gartenhaus.

---

## Erster Auftritt.
#### Hauptmann Herber. Charlotte.

#### Hauptmann.

Es ist süßer Trost für mich, daß ich weiß, Ansprüche auf ihre Achtung wieder machen zu können.

Charl. Daß sie aber fähig waren, Emilien so lange zu ängstigen! schämen sie sich, schämen sie sich.

Hauptm. Was sagte ihr Herr Vater, als er es hörte?

Charl. Nichts — — aber — er schüttelte gewaltig mit dem Kopf.

Hauptm. So schnell verändert, ist mir so wohl!

Charl. Sie danken wohl Gott, daß sie mich mit Ehren los geworden sind!

Hauptm. Charlotte! — — Lange schon schäm ich mich, der Sclave meiner Schwester zu seyn, denn bey allem ihrem Reichthum ist sie so albern, daß nur die Hungrigsten bey ihr schmarotzen, Windbeutel, die sie selbst oft erst kleidet, damit sie nur mit Ehren auftreten können. — Daß sie freygebig gegen mich war, hatte mich verblendet, ich hielt das stolze eitle Weib für die gutmüthige Schwester. Aber jetzt, auf dem Lande will ich ganz wieder genesen. — Wenn ich doch so in ihrer Nachbarschaft seyn könnte!

Charl. Das wäre schön!

Hauptm. Aber auch sie müßten recht glücklich seyn.

Charl. Bin ich denn unglücklich!

Hauptm. In ihren Jahren ist man ohne Liebe unglücklich.

Charl. Ich liebe meinen lieben Vater.

Hauptm. Und sonst nichts?

Charl. Auch meine Tauben, Perlhühner und —

Hauptm. Und?

Charl. Meinen Figaro, er tanzt allerliebst.

Hauptm. Sie weichen nicht aus. Warum wollen sie auch ihre liebenswürdige Offenheit verläugnen?

Charl. Warum soll ich mehr sagen, als wahr ist.

Hauptm. Daß sie mich nicht mehr liebten, sah ich deutlich bey meiner Ankunft, und ihre schnelle Verzeihung beweist es noch mehr! oder vielmehr: sie liebten mich nie! — Ich kenne einen Mann, dem sie, wenn ich mich anders auf Menschen verstehe, gewiß sehr werth sind, der sie gewiß unaussprechlich liebt.

Charl. Was das für Einfälle sind!

Hauptm. Er verdient die Liebe eines Engels. — — Sein heftiges Benehmen gegen mich, als ihren Liebhaber, entfaltete sein Herz und das ihre der Schreck, als ich aus Muthwillen sagte: er habe sich anwerben lassen. — — Sehn sie, gutes, liebes, offnes Mädchen, sie werden roth.

Charl. Ich?

Hauptm. Ueber und über.

Charl. Die Hitze ist auch hier brennend; ich muß ins Freye. (Ab.)

## Zweyter Auftritt.

### Hauptmann Herber.

Die Hitze! — Aber der Fremde ist die Sonne, welche diese Hitze erzeugt. — — Die beyden Leute lieben sich, das ist eine ausgemachte Sache. — Wüßte man nur, wer der Mensch ist! — — Allem Anschein nach von guter Familie. — Daß auch der Amtsrath just seinen bösen Tag heute hat!

## Dritter Auftritt.

Emilie. Wilhelm. Hauptmann Herder.

Hauptm. Ah, mein Weib! — mein Sohn! (Er umarmt sie.) Hätte ich mir heute Morgen einen so schönen Tag geträumt!

Emilie. Ach, daß ich nur im Stande seyn mögte, dir Charlottens Verlust zu ersetzen!

Hauptm. Willst du mich schamroth machen? —— Ich bin ein glücklicher Mann. (Er umfaßt beyde.) Ach wenn mich nur Gott nicht in jener Welt für meinen Leichtsinn straft, da er mich hier so selig macht. —— Mir bangt vor meiner Sterbestunde, denn so gut fünd ichs im Himmel nicht wieder.

## Vierter Auftritt.

Konrad. Vorige.

Konrad. Da ist ein Mensch draußen, der frägt nach ihnen, er sagt, er sey der Mosge Zuckerhut.

Hauptm. Aha. Der süße Monsieur Zuckermandel.

Konrad. Na, von Zucker war er. Ich sollte durchaus voran, er sagte: Vornehme Leute ließen sich erst melden.

Hauptm. Ueber den vornehmen Herrn!

Konrad. Er riecht wie ein Roßmarien-strauch, hat einen närrschen Rock an, die Knöpfe hinten sitzen ihm beynah auf den Schultern, und seine Weste ist mit lauter Bildern beklebt.

Hauptm. Er mag kommen.

Konrad. Ich wills ihm sagen.

## Fünfter Auftritt.

Emilie. Wilhelm. Hauptmann Herder. Hernach Monsieur Zuckermandel.

Hauptm. Gewiß eine Gesandtschaft meiner Schwester.

Emilie. Ich lasse dich allein.

Hauptm. Nein, bleib, du sollst Zeuge seyn, wie ich mich von ihr losreiße. Thu mir den Gefallen und bleib, liebes Weibchen, setzt dich dort hin mit unserm Kinde. — — Dieß Monstrum, daß du gleich sehn wirst, ist auch einer von den Tischfreunden meiner Schwester, ein Affe, der zu seinen Künsten gut abgerichtet ist. Er war Tänzer bey einer reisenden Komödiantenbande, wurde hernach Tanzmeister in der Stadt, wußte sich mit verliebten Bestellungen gut abzugeben, und schwang sich in manchen Häusern zum Hausfreund und Lustigmacher — Meine Schwester wendet viel an ihn, ihre Katzen und Papagoyen kosten ihr kaum so viel. Uebrigens ein Männchen, daß man in allen anständigen Gesellschaften für Karrikatur halten würde. — Da ist er schon.

Zuckerm. Mon Dieu, mein Gott, da sind sie ja, süßer lieber kleiner Hauptmann. — Ey, was hab ich sie gesucht! — Ich keuche! Ich bin die Maus unter der Luftpumpe. — — Meine seidnen Schühchens sind dahin! Obendrein fällt mir eine Birne auf den Kopf, daß alle meine fünf Sinne wackeln. Süßer, lieber kleiner Hauptmann, sehn sie doch zu, ob die Birne meinen Englischen Dutt ruinirt hat! — Wie sieht er aus? Sagen sie. (Er dreht sich um.)

Hauptm. Närrisch genug, also vermuthlich wie er seyn soll.

Zuckerm. Schön! Schön! — Aber, nicht wahr, von hinten bin ich ein Engel? Unsre Damen mögen mich auch beynah lieber von hinten als von vorn leiden. Sehn sie mir aber nichts an?

Hauptm. O ja. Genug.

Zuckerm. Nein, ins Gesicht müssen sie mir nicht sehn! das Gesicht kann ich leider nicht aus Paris verschreiben.

Hauptm. Es sieht doch aus, als ob es bey der Revolution unter den Händen der aufgebrachten Fischweiber gewesen wäre!

Zuckerm. Aber, sie kleiner Allerliebst, so sehn sie doch nur meine Weste, das ist eine Weste?

Hauptm. So?

Zuckerm. Sie stellt die ganze Kaiserkrönung in Frankfurt vor. — Sie ist, hohl mich der Teufel, — en vorite, wollt' ich sagen, in Paris gemacht. — Sehn sie, hier ist der Zug — — Sehn sie doch. — Ach, was Köpfe! was Köpfe! was Köpfe!

Hauptm. Sind das Köpfe? — denen sieht mans an, daß sie in Paris gemacht sind.

Zuckerm. Hier springt der Wein — und hier ist der Ochse! (Er schlägt sich auf den Bauch dahin, wo die Figur ist.)

Hauptm. Hätt ich doch das Ding beynah für einen Esel gehalten.

Zuckerm. Das muß jetzt die erste Weste in der Art seyn — Doch eh ich Eins ins Andre rede, süßer, lieber kleiner Hauptmann, ich komme nicht von Ungefähr, Demoiselle Schwester haben mich herfahren lassen. — Rathen sie mahl, in welcher Absicht?

Hauptm. Nun?

Zuckerm. (leiser.) Ich soll sie wieder in die Stadt bringen.

Hauptm. Ey!

Zuckerm. Ja, die Affaire mit der Mariage hat sich plötzlich geändert. Ihre Schwester hat sich eines Bessern besonnen. Die Amtsraths tochter ist zwar von ganz ansehnlicher Familie, aber doch nur bürgerlich, und es hat sich ein ganz närrscher Cas ereignet, darum hab ich über Hals und Kopf ihnen nachreisen müssen. Sie werben — (leiser zu ihm) die Amtsrathstochter nicht heirathen.

Hauptm. Das könnten sie errathen haben.

Zuckerm. Ah, que Vous etes bien joli! — — Das hab ich aber gleich gesagt. Ich, so sagt ich, ich werd ihn schon zur Vernunft bringen.

Hauptm. Das wäre!

Zuckerm. Wer wollte so ein Dorfding heirathen. Ich hab ihnen monströse Piecen unter den Landmädchen gekannt, sogar Fräuleins, die ganz unausstehlich waren. Die eine konnte eine halbe Meile zu Fuß gehn, wie ein Postbothe. Eine andere aß Klöße und Speck. — Eine dritte konnte sogar kochen und spinnen. — Nun hören sie nur, sie können sich in den Abel hinein — — wie soll ich sagen?

Hauptm. Hineinpfuschen.

Zuckerm. Hineinfreyen. — Die dicke Kammerräthinn von Münzelfingen und die alte Frau von Querlingshausen — es ist erstaunend, daß wir das nicht gemerkt haben, der Auditor hat es uns erst entdeckt — Beyde haben sich in sie, — ha, ha, ha! — abscheulich verliebt.

Hauptm.

Hauptm. Das sieht ihnen beyden ähnlich, denn es sind ein Paar abscheuliche Damen.

Zuckerm. Arm sind sie freylich alle beyde, aber doch vornehm. — Die Frau von Münzelfingen ist sehr munter und lustig, so corpulent sie ist, so lebhaft ist sie doch. Auf der letzten Redoute hat sie so getanzt, daß mans bis ins vierte Zimmer hat hören können. Die Frau von Querlingshausen ist dagegen wieder sehr empfindsam. Neulich ist ihr Bedienter gestorben, ein junger netter Garçon, und da hat sie geweint, je vous assure, so wie man nur weinen kann. — Nun, süßer lieber Kleiner, weil sie doch nicht alle beyde heirathen können.

Hauptm. Weil ich alle beyde nicht heirathen kann — nun?

Zuckerm. So sollen sie um die Damen loosen. — Auf der nächsten Redoute sollen sie zwey Charten und zwar zwey Damen setzen, Coeur Dame ist die Frau von Querlingshausen.

Hauptm. So sieht sie auch aus.

Zuckerm. Caro Dame die Frau von Münzelfingen. Welche Dame nun zuerst gewinnt, die ist pour Vous, süßer lieber kleiner Hauptmann, die ist la Votre. — Ha, ha, ha, ist das nicht ein kleiner allerliebster Einfall! — — Der Herr von Zuch, der jetzt außer Diensten ist, hat ein kleines nettes bonmot gemacht, wenn es kein Geld kostet, will er es auch ins Journal des

Frembling. E

Luxus und der Moden einrücken. Er sagte, wenn man eine Bank von Männern auflegte, würden die Damen noch mehr dem Spiel ergeben werden, hi, hi, und manche ha, ha, ha! — würde mit einem Paroli noch unzufrieden seyn. —— Lachen sie nicht darüber?

Hauptm. Nein.

Zuckerm. Was haben sie denn da für ein kleines süßes Weibchen?

Hauptm. Was?

Zuckerm. Ist sie zu haben.

Hauptm. (springt hitzig auf und gibt ihm einen Backenstreich.) Insect, das ist zu haben.

Zuckerm. Sie sind doch immer ein spaßhafter, kleiner, lieber Allerliebst. — — Aber, denken sie denn, daß ich nicht fünfe zählen kann?

Hauptm. Deßwegen hab' ich sie ihnen auch zu zählen gegeben.

Zuckerm. Immer wissen sie einen munter zu erhalten. — Das ist eine der nieblichsten Maulschellen, die ich seit langer Zeit erhalten habe.

Hauptm. Um es kurz zu machen, Monsieur, reisen sie in Gottes Nahmen allein nach der Stadt, ich reise nicht mit. Grüßen sie meine Schwester, ich werde immer ihr dankbarer Bruder seyn, aber so lange sie bey ihrer Lebensart beharrt, nie wieder ihr Gesellschafter. — Sagen sie ihr das ja. — Wenn sie von ihren Schmarotzern ruinirt ist und dann verlacht wird, soll sie mein Haus nicht vorbeygehn und mir herzlich willkommen seyn. Sagen sie ihr, sie hätten mich zwischen Weib und Kind — comprenez bien, Monsieur Zuckermandel, — zwischen Weib und Kind hätten sie mich getroffen. Deßwegen werden sie mir auch verzeihen, daß ich sie verlasse; sie sehen (Emiliens und Wilhelms Hände schüttelnd) ich habe alle Hände voll zu thun.

## Sechster Auftritt.

### Zuckermandel.

Ich hab ihn doch wohl nicht verstanden. —— Ich fahre indeß allein nach der Stadt. Der Hauptmann ist grob, wie Bohnenstroh. Hat er nicht auf mich zugeschlagen, wie der Bauer auf den Ochsen. Wenn ich nicht so galant wäre, eine Ohrfeige einzustecken, es wäre ja das größte Unglück entstanden.

(Ab, zur entgegengesetzten Seite.)

## Siebenter Auftritt.

**Amtsrath Schöneck. Hauptmann Herder**
der ihm folgt.

**Amtsr.** Schöneck (will gerade durchs Zimmer gehn.)

**Hauptm.** (hält ihn auf.) So stumm sie mich auch abfertigen, ich lasse sie noch nicht. — — Sie haben mich heute nicht von der lautersten Seite kennen gelernt; zweifeln sie vielleicht, ob ichs jetzt aufrichtig mit ihrer Demoiselle Tochter meine.

**Amtsr.** (schüttelt.)

**Hauptm.** Nun, so beschwör ich sie, das Glück des gutes Mädchens zu unterschreiben. Ich hab in meinem Herzen gelobt, sie glücklich zu machen, durch mich kann sie's nicht werden, wenn sie es aber durch diesen fremden Menschen seyn könnte.

**Amtsr.** (schüttelt.)

**Hauptm.** Auch dann nicht, wenn ihre Tochter ihn liebte?

**Amtsr.** (schüttelt.)

**Hauptm.** Oder wenn wir die Erfahrung machten, daß er von gutem Hause wäre — — ja, ja, dann wäre der Stein des Anstoßes gehoben. — — Seh ich recht! — Als wenn ich ihn bestellt hätte, — er kommt. — — Sehn sie, wie er in tiefen Gedanken geht! — Seine Richtung geht hierher. Wollten sie mich wohl mit ihm allein lassen?

Amtsr. (nickt.)

Hauptm. Ich suche sie nachher dort, wo die Frauenzimmer sitzen.

Amtsr. (nickt und geht zurück.)

Hauptm. Nu, ich will thun, was in meinen Kräften ist.

## Achter Auftritt.

### Frembling im Oberrock. Herder.

Frembl. (tritt tiefsinnig durch die offne Thür, ohne den Hauptmann zu bemerken.)

Hauptm. (tritt zu ihm und nimmt ihn bey der Hand.) Lieber Freund.

Frembl. (erstaunt.) Wo bin ich?

Hauptm. Bey ihrem dankbaren Schuldner. — So reisemäßig? — Sie wollen doch nicht fort? — Nein, sie dürfen nicht fort.

Frembl. Ich darf nicht? — Wem gehör ich an! — Wo sind meine Verwandte? — Bin ich nicht ein Frembling.

Hauptm. Der gute Mensch ist bey guten Menschen nie Frembling. Bleiben sie unter uns, sie werden kein Frembling seyn. Nur müssen sie auch uns nicht als Fremblinge behandeln, müssen offner gegen uns seyn, so werden sie sich vielleicht lange glücklich bey uns befinden. — Ich kenn eine Person.

Fremdl. Leben sie wohl.

Hauptm. Nicht so. Leidenschaft preßt sie. Können sie sich mir vertrauen?

Fremdl. Nein. Nicht aus Mißtrauen, aber sie können mir nicht helfen.

Hauptm. Hoffen sie auf den, der gute Thaten belohnt.

Freml. Hat er mich denn nur für diese Welt erschaffen? — Jenseit blühet mein Glück?

Hauptm. Warum nicht hier?

Fremdl. Convenienz, bürgerliche Einrichtung, Unterschied der Stände, sind ehrwürdige Herkommen, die dem guten Bürger heilig bleiben müssen. — Zwar, wie komm ich auf das? — Vergeben sie, es hat keine Beziehung. — Machen sie Emilien glücklich und leben sie wohl.

Hauptm. Mir können sie leicht Lebewohl sagen, mich lassen sie glücklich zurück und haben das Bewußtseyn, mich glücklich gemacht zu haben. — — Wenn sie aber auch den Theil verlassen können, den sie unglücklich verlassen würden, unglücklich dann vielleicht durch sie — wenn sie das können, dann, ja dann leben sie wohl!

(Ab.)

## Neunter Auftritt.

### Frembling.

Dort hinaus geht die Landstraße. Dort werd ich wandern. Wird sie wohl, wenn sie hier sitzt, zuweilen an mich denken!

## Zehnter Auftritt.

### Charlotte. Frembling.

Frembl. (wird sie gewahr.) Ah, Mademoiselle, verzeihen sie mein Hierseyn, ich kam — ich wünschte, — ich wollte mich ihrem Herrn Vater empfehlen und auch ihnen.

Charl. Sie wollen fort, warum?

Frembl. Ich — ich kann hier nichts mehr verdienen.

Charl. Das heißt bey ihnen, sie finden keinen Menschen mehr, den sie glücklich machen könnten. — Wissen sie das aber gewiß? — Ach, hier mag noch wohl jemand seyn, den sie glücklich, recht glücklich machen könnten.

Frembl. Ach!

Charl. Reisen sie nicht. — Entdecken sie sich meinem Vater, fassen sie doch so viel Zutrauen zu ihm, als ein Kind nur immer zu seinem eigenen Vater haben kann.

Frembl. O Gott!

Charl. Warum wollen sie hier fort, da sie doch merken können, daß man ihnen hier gut ist.

Frembl. Nein, das halt ich nicht aus, nein, ich muß reden, sey es Unbesonnenheit, sey es Verbrechen; Menschen können Menschheit nicht ablegen, ihretwegen will ich von hier. Denn, Charlotte, ich elender verachteter, kaum ehrlicher Frembling — liebe dich, liebe dich unaussprechlich.
(Kniet vor ihr.)

Charl. Reden sie mit meinem Vater, entdecken sie ihre Familie, ihren Stand, dann — — weg mit aller Ziererey, die dem Landmädchen nicht ansteht — Liebenswürdiger Frembling, mach, daß ich dich lieben darf und ich will dich ewig — ewig will ich dich lieben.

Frembl. Nein, du barfst nicht, du barfst mich nicht lieben. (Er hat den einen Arm aufs Knie gestützt und sein Haupt ruht in seinen Händen.)
(Pause.)

## Eilfter Auftritt.

### Rosenwasser. Vorige.

(Sieht sie kaum, so schlägt er die Hände über den Kopf zusammen und läuft gleich wieder zurück.)

## Zwölfter Auftritt.
### Charlotte. Frembling.

Frembl. (springt auf.) Raſ' ich! — Bin ich von Sinnen!

Charl. Wenn das iſt, ſo bleib wahnſinnig.

Frembl. Wollen ſie elend mit mir werden?

Charl. Nun weiß ichs gewiß, daß er mich liebt, denn er ſpricht Unſinn.

Frembl. Kennen ſie mich denn?

Charl. Man lernt ſich kennen.

Frembl. Ich bin ein elender Menſch.

Charl. Man iſt das nie, deſſen man ſich öffentlich rühmt.

Frembl. Ein Bettler.

Charl. Meine Liebe ſey dein Almoſen, guter Bettler.

Frembl. Der nichts gelernt hat.

Charl. Ich will deine Lehrmeiſterinn ſeyn.

Frembl. Ein Verſchwender.

Charl. In Gutes thun.

Frembl. Ein Schwelger.

Charl. In den Segensthränen deiner Geretteten.

Frembl. Dem guten unverdorbnen Mädchenherzen gefährlich.

Charl. Das kann wahr ſeyn.

Frembl. Denn ich habe auch eine Emilie elend gemacht, hab ein gutes ſchuldloſes Mädchen in Verbrechen geſtürzt und elend gemacht.

Charl. Das mög' ihnen Gott verzeihen. — — Zwey Mädchen haben sie elend gemacht, nicht jene allein, zwey Mädchen hast du ins Unglück gestürzt. — — Und doch, dieser Blick! Nein, es kann nicht wahr seyn! Nein, es ist nicht wahr.

Fremdl. Nein, es ist auch nicht wahr, ich wollte mich ihnen verächtlich machen, — um, — um — aber ich kann es nicht, ihre Verachtung kann ich nicht mit mir nehmen. Nein, Gott sey gedankt! — Noch hat wohl kein Mensch mir geflucht, es soll aber auch künftig kein Mensch mir fluchen, auch nicht ein rechtschaffner Vater, weil ich sein Kind elend gemacht hätte. — Drum leben sie wohl. (Will schnell ab, an der Thür begegnen ihm die Kommenden.)

## Dreyzehnter Auftritt.

Amtsrath Schöneck. Hauptmann Herder. Emilie. Wilhelm. Rosenwasser. Vorige.

Rossenw. Gekniet hat er vor ihr, o ja, gekniet.

Hauptm. (führt ihn zurück.) Mein Freund, wir können sie nicht reisen lassen, ohne zu versuchen, ob wir vielleicht im Stande sind, ihr Glück zu gründen. — — Herr Rosenwasser, was er sah, wie er es auslegt, war ein Mißverständniß, indeß sey er verschwiegen und laß er uns allein.

Rosenw. Nur bis an die Thür geh ich, sonst sterb ich für Neugierde; hat mich doch der Amtsrath nicht gehn geheißen. (Geht an die Thür.)

Hauptm. Die Sache spricht zu deutlich. (Leise zu ihm) Der Amtsrath wünscht sich einen rechtschaffnen Gefährten seines Alters. Entdecken sie sich, sind sie von gutem Stande, woran wir keinen Augenblick zweifeln. — —

Frembl. Nein, nein, ach nein! — Nun wohl, ich will mein Schicksal enden, der Verurtheilte wünscht die Vollstreckung, so ist er davon. — — Ich bin der Sohn — eines Scharfrichters. (Pause) Da stehn sie alle, wie vom Donner gerührt. — Hätte ich gesagt: ich bin Graf, aber ich habe einem Vater seine schuldlose Tochter verführt, oder den einzigen Sohn im Duell ermordet, o, willkommen wär ich gewesen, aber, das ist freylich nicht zu verzeihen, daß mein Vater Scharfrichter war.

Hauptm. Junger Mann, deuten sie unsre Ueberraschung nicht falsch. Den Verbrecher laßt uns verachten nicht den, der den Verbrecher bestraft. (Für sich) Und doch ist mir bange, daß dieß die Philosophie des Amtsraths, wie so vieler andern, nicht ist! (Laut) Der Stand ihres Vaters ist, wie jeder andere Stand, nach den Gesetzen geachtet, obgleich — — Sie sind ein ehrlicher Mann, und ich werde stolz darauf seyn, wenn sie mein Freund bleiben wollen. — Sie müssen einen würdigen Vater gehabt haben! — Oeffnen sie ihr Herz ganz, sie stehn unter lauter Freunden — — Laßen sie uns keine Fehlbitte thun. Schicksal drückt sie und wenn sie nur ihre Klagen in den Schoos der Freundschaft schütten, das lindert den Schmerz.

Fremdl. — Mein Vater, der das nicht gerechte Vorurtheil der Menschen gegen seinen Stand kannte, bestimmte mich einem andern und ließ mich darnach erziehn und alles Mögliche lernen. Je weniger du auf deinen Stand stolz seyn kannst, je mehr bestrebe dich auf Kopf und Herz stolz seyn zu können, dieß war seine tägliche Lehre. Ich ging ins Gymnasium. Der Hofräthe Söhne faßten sich vertraulich am Arm, der verspottete Scharfrichtersohn schlich einsam hinter her, aber dieß machte eben meinen Stolz rege, ich war der Fleißigste unter ihnen. Wenn die wohlgebornen Knaben aufs Dorf gingen, und die Augen mir naß werden wollten, immer und immer ausgeschlossen zu seyn, so gab ich dem wimmernden Greis, den jene gefühllos hatten liegen laßen, mein Wochengeld, und war stolz.

Hauptm. Nicht wahr, lieber Amtsrath, ein trefflicher Knabe!

Amtsr. (nickt.)

Fremdl. Ich bezog die Academie. — Man ging gern mit mir um, wenn ich Geld hatte. — Nu, ich litt gern, ich dachte: es sind ja noch halbe Kinder, hoffte auf die Männerjahre und reiste in meine Vaterstadt zurück, mit guten Kenntnissen und noch besserm Vorsatz, sie gut zu gebrauchen. — — Gott, wie ward ich behandelt! — — Was im Fallhut noch unbefangen mit mir gespielt hatte, wollte mich jetzt nicht mehr kennen, und suchte meinen Gruß auf der Straße zu verhindern. In Kaffehhäusern war ich höchstens willkommen, wenn ich Geld verspielte, da nannte mich der Advocat: Liebes Brüderchen! wenn ich ihm Geld lieh, da trank der Herr Von Brüderschaft mit mir, wenn er mir auf sein Ehrenwort zwanzig Louisd'or schuldig geblieben war, aber alle Familien waren mir verschlossen. Stolz von Natur, hätt' ich ohne meines Vaters Lehren ein Bösewicht werden müssen, so nahm meine Rachsucht einen andern Weg. Einen Auftritt muß ich ihnen erzählen, wahrlich nicht aus Stolz, aber doch thuts meinem Herzen wohl. Es war in der Stadt offner Ball, meine Schwester liebte den Tanz leidenschaftlich und bath mich, sie hinzuführen. Unter der Schminke konnt ich die Sensation unsrer Erscheinung auf manchem Damengesicht erkennen. — „Mein Wagen, es fängt an, nach Armensünderstühlen zu riechen!" rief eine hagre Ehegerichtsräthinn ganz laut. Eine Thräne entfiel meiner Schwester und brannte mir auf der Hand und wüthend in der Seele. — Ich trat dennoch in die Reihe, in demselben Augenblick verließ ein Officier mit seiner Dame den Platz. — —

Hauptm. Um Gottes Willen, ich, ich war das Ungeheuer, verzeihen sie diesen wahnsinnigen Uebermuth. — —

Fremdl. Ihrer Schwester verzeih ich ihn gern, denn die war allein dran Schuld. (Schüttelt ihm die Hand) Jetzt würden sie's nicht thun. — —
Meine Schwester schleppte mich nach Hause, mein Blut kochte, mein Stolz wollte ausgesuchte Rache haben, Rache gegen die ganze vornehme Welt. In unsrer Straße wohnte eine alte Wittwe, die von einer gnädigen Noblesse nur kümmerlich unterstützt wurde. Ich verkaufte meinen Ring, meine Schwester ein Halskreuz und wir schickten der Dame unter Verschweigung unsers Nahmens 24 Louisb'or.

Hauptm. Nein, Herr Amtsrath, da müssen sie Genugthuung geben.

Fremdl. Glauben sie nicht, daß ich prahle, auch war es mehr Stolz als Gutthat, mehr Emporstreben der mit Füßen getretnen Menschheit, als Tugend. Kurze Zeit drauf machte mein Vater eine kleine Reise nach Neustadt, meine Schwester und mich nahm er mit. Wir warfen spät am Abend im Walde um, brachen ein Rad, und konnten erst kurz vor Mitternacht einen Gasthof, eine Stunde vor der Stadt, erreichen. Die Ersten des Orts hatten das Haus zu ihren Sommerklubs gemiethet und eben einen großen Ball. Mein Vater hatte Schaden genommen, meine Schwester kränklich, die Nacht finster, naß und kalt, dieß bewog den Verwalter, uns einzunehmen. Sobald man erfuhr, wer wir wären, sollte uns der Wirth unter diesen Umständen aus dem Hause schaffen. Ein Auditor erklärte laut, es würde kein Auditor da wieder verkehren, wenn es eine Wirthschaft wäre für Scharfrichter und Sch —

Hauptm. Pfui! — Schändlich! — Entsetzlich!

Fremdl. Es wird erst entsetzlich. — Ich konnte Schimpf dulden, meinen Vater konnt' ich nicht beschimpfen lassen. Ich fragte den Auditor, ob er etwa das Leben verwirkt habe, weil er den Nachrichter so scheute? Damit trat die ganze Gesellschaft herzu, mich zu mißhandeln, der Obervorsteher des hohen Tribunals aber trat dazwischen, bath für uns und uns ward ein Stübchen im Hinterhause angewiesen.

Hauptm. Bravo, Obervorsteher!

Fremdl. Ja? — — — Er hatte meine Schwester gesehn, solche Herren sind selten blöde, er, gewohnt mit Clientinnen umzugehn, kannte vielleicht den Widerstand der Tugend nicht und wollte Gewalt brauchen.

Hauptm. Bübisch!

Fremdl. Denken sie sich einen Greis, der sich eine Tochter nach seinem Herzen erzog, der alles an diese Tochter wandte, dessen schönste Hoffnung sie war und nun kommt so ein — — Obervorsteher und will vor seinen Vateraugen — — beym allmächtigen Gott, mein Vater that Recht, er ergriff den Obervorsteher, riß ihn von meiner Schwester und warf ihn die Treppe hinunter.

Hauptm. Ich zittre für ihren Vater.

Frembl. Gebunden brachten sie ihn nach der Stadt; ich kniete, meine Schwester flehte: wir wurden auf die Straße geworfen. — Zu Hause, — die Gerechtigkeit ist schnell — fanden wir schon alles versiegelt. Meinem Vater drohte ein fürchterlicher Proceß. Mit einem Messer hab er nach dem Obervorsteher gestoßen, das hatten zwey Kanzellisten b e s ch w o r e n. Sr. Excellenz kannten nur einen Preis zur Beylegung — — meine Schwester! — — Ach meine arme Leopoldine, sie wankte zwischen Tugend und Vaterliebe, die doch auch eine der ersten Tugenden ist, sie — ergab sich dem hohen Verführer. — Fürchterlich froh eilt sie in den Kerker, der Vater liest in ihrem Gesicht die ganze Aufopferung, frägt sie auf ihr Gewissen; eine Ohnmacht sagt ihm das entsetzliche Ja, und als sie wieder erwacht, findet sie den Vater, für dessen Rettung sie ihre Tugend, ihre Ehre hingab, vom Schlage getroffen. (Laut schluchzend) Ach und im Wahnsinn der Verzweiflung geht sie hin und endet ihren Jammer durch Selbstmord. (Lange Pause) — Da stand ich nun, ein Fremdling in der weiten Welt. Von der Verlassenschaft meines Vaters hatte mir die Gerechtigkeit nichts übrig gelassen, ich haßte alles, was vornehm war. Nirgend hab ich eine Heimath. — Der Tod ist meine Hoffnung. — Die ich verlor, eine Mutter, die ich nicht gekannt habe, einen redlichen Vater, eine liebenswürdige Schwester, ich werde sie wieder finden. — Die ich

ich suchen werde, (mit einem thränenvollen Blick auf Charlotten) die mein Herz sucht, — ich werde sie wieder finden. — Und du, o Gott, wirst in deinem Himmel auch rechtschaffne Henkerskinder dulden.
(Ab.)

Hauptm. (will ihm nach, als er Rosenwassern sieht, sagt er ihm was ins Ohr und schickt ihn fort.)

Rosenw. (ab.)

## Vierzehnter Auftritt.

Hauptmann. Charlotte. Amtsrath. Emilie, die Wilhelm an der Hand hat.

Amtsr. (setzt sich tiefsinnig auf einen Stuhl.)
Charl. (steht am Fenster und weint.)
Hauptm. (geht einige Mahl unschlüssig auf und ab.) Nein, Herr Amtsrath, Ausnahmen verlangen Ausnahmen, hier müssen sie im Nahmen der vornehmen Welt Genugthuung geben. Ich rede für ihn, ich rede für ihre Tochter, ich rede für die Menschheit. Dieser Mensch steht in Gefahr, so ausgestoßen mit all seiner glänzenden Tugend ein Bösewicht zu werden, wie er schon ein halber Sonderling geworden ist. Geben sie diesen liebenswürdigen Frembling eine Heimath — geben sie ihm einen Vater wieder. Was kann sie davon abhalten, wenn ich ihnen sage, daß ihre Tochter ihn liebt.

Amtsr. (sieht Charlotten an.)
Charl. (wirft sich dem Vater zu Füßen.)
Frembling.                F

Amtsr. (hebt sie auf.)

Hauptm. Daß man darüber spötteln wird, das glaub ich gern, daß, wenn man ein Schauspiel draus machte, manches Parterr es auspfiffe, das glaub ich gern. Hab ich doch gesehn, daß in Babos Meisterstück, in seinem Bürgerglück, ein Paar Secretairtöchter unwillig aufstanden, die Nase rümpften und fortgingen. Fort also aus der großen Welt, die uns zu wenig ist, und lassen sie uns hier auf dem Lande leben, unter uns, die wir uns genug sind. — — Ihr Stillschweigen ist jetzt menschenfeindlich! — —

Warum schimpfen wir Bürgerlichen in allen unsern Schriften auf den Adel und immer und ewig auf den Adel, da wir uns selbst durch hohe Dämme absondern, und eine bürgerliche Kammerräthinn die Gelbsucht bekömmt, wenn es einem Fabrikanten einfällt, um ihre Tochter anzuhalten — Willigen sie ein?

Amtsr. (zuckt die Achseln.)

Charl. (sieht ein Tuch, welches der Frembling in der vorigen Scene hatte fallen lassen, betrachtet es aufmerksamer, nimmt es auf, zieht das ihre hervor, vergleicht beyde mit einander, dann stürzt sie sich dem Vater um den Hals.) Vater, Vater, um Gottes willen?

Hauptm. Was haben sie?

Charl. Er ist mein Erretter, er hat mich aus dem Wasser, er hat mir das Leben erhalten. Ach Gott, ach Gott!

Hauptm. Wär es möglich!

Charl. Dieß ist das Tuch, das ich am Ufer fand — dieß ließ der fremde Mann vorhin fallen, sie sind von einem Stück, es ist einerley Arbeit, beyde mit I. H. gezeichnet; sehn sie hier.

Hauptm. So wahr meine Seele lebt!

Emilie. Ach Herder, welch ein Mensch ist das!

Hauptm. Ja, welch ein Mensch ist das! — Amtsrath, — diese Tücher sind zu kaufen — da, kaufen sie sie. Wenn sie jetzt noch — nein, es ist nicht möglich, nicht möglich, sie können keinen Anstand mehr nehmen.

### Fünfzehnter Auftritt.

Rosenwasser. Frembling. Vorige.

Rosenw. (zieht den Frembling, der sich sträubt, mit Gewalt herein.) Der Herr Amtsrath haben befohlen, o ja, sie haben befohlen.

Hauptm. Dieß sind doch ihre Tücher?

Frembl. Wie so? — Ja!

Hauptm. Harter Mann, und sie entdeckten sich einer so guten Familie nicht, sie wollen einen braven Vater verhindern, sich gegen den Erretter seines Lebens dankbar zu beweisen! — Sie sind entdeckt, sagen sie nichts dagegen.

Frembl. Mein Gott, ich — —

Hauptm. Stille, Stille! — — Wir wollen kein Wort mehr über eine That sagen, die gewiß im Buch der Vergeltung aufgeschrieben ist.

Amtsr. (geht zum Frembling, klopft ihm die Backen, küßt ihn, dann nimmt er eine von des Fremblings Händen und eine von Charlotten. — Sieht Charlotten freundlich an.)

Charl. (küßt ihm die Hand.)

Amtsr. (sieht den Frembling an.)

Frembl. (wendet sich ab und schlägt die Hand vors Gesicht.)

Amtsr. (sieht Emilien an.)

Emilie (nickt mit dem Kopf.)

Amtsr. (sieht den Hauptmann an.)

Hauptm. (nickt mit dem Kopf und indem des Amtsraths Augen eben bey dem Kinde verweilen, drückt der Hauptmann dessen Kopf nieder, daß es auch nicken muß.)

Amtsr. (sieht Rosenwasser an.)

Rosenw. (schüttelt gewaltig mit dem Kopf.)

Amtsr. (legt die Hände der Liebenden zusammen.) Nimm sie hin, mein Sohn, sie ist dein!

Charl. Mein Vater!

(Beyde knieen nieder.)

Frembl. Gott!

Amtsr. Du hast sie dir gerettet, so hat sie dir Gott gegeben: Sie ist dein! — Er, der Menschen und nicht Stände erschuf, wird euch segnen.